CB036122

crocodilo

TRADUÇÃO

Livia L.O.S Drummond

A vida infantil da

por tarântula negra

KATHY ACKER

PRAZER, KATHY ACKER

Flá Lucchesi

É a primeira vez que leio Kathy Acker. Ela, acompanhada de sua gangue de personagens transmutáveis, me leva em sua viagem. Como uma nova e intensa substância, em alguns momentos me surpreende a loucura, me perco e a estranho; mas o tom que embala a experiência é empolgante, quente, extasiante.

Paira algo conhecido. Lembro-me de estar em um show de alguma vigorosa banda de garotas punks, lendo um romance pós-teoria queer, em estado alterado de corpo e consciência incitado por uma paixão, pelo tesão ou por alguma substância. Tirando as alterações inerentes à vida humana – talvez animal – e atemporais, as demais lembranças não poderiam ser ativadas em 1973, ano de publicação da **Vida Infantil da Tarântula Negra**, primeiro romance da autora.

Me dou conta de que estou diante de uma precursora do punk feminista e do queer. Isso não é pouca coisa. E, de certa forma, estou aqui, assim, graças a pessoas como ela. Decido esmiuçar a Tarântula Negra e me aproximar de Acker. Passamos um bom tempo juntas. As impressões iniciais vão, uma a uma, se mostrando assertivas pela coincidência dos encontros e reencontros.

Kathy Acker, esse nome não me é estranho... Antes de ler a Tarântula, faço uma busca pela internet, mas os algoritmos não estão tão certeiros. Que ótimo! Um dia, lembro-me de uma edição da ReSearch na qual a cientista social Andrea Juno entrevista algumas artistas furiosas. Pego o livro, que foi uma aquisição durante minha pesquisa de iniciação científica, e lá está: **Angry Women** e o primeiro nome listado na capa é o de Kathy Acker.

Essa entrevista compõe com outras leituras uma via de acesso para me aproximar mais dessa pessoa. Leio artigos dela e sobre ela, entrevistas, a dissertação **Tradução comentada de Great Expectations, a novel de Kathy Acker** (2019), de Breno Camargo Correa – até então a única publicação da autora aqui no Brasil –, vejo documentários e vídeos de conversas entre ela e William Burroughs. Burroughs, ele também um precursor do queer, o primeiro escritor a utilizar essa palavra subvertendo seu significado ofensivo e tornando-a uma potente afirmação anti-identitária, ainda nos anos 1950.

Antes de começar a rascunhar o texto, faço uma última busca combinando palavras que, na minha cabeça, tinham tudo a ver com Kathy Acker, e acho uma entrevista que ela fez com as Spice Girls durante a primeira viagem da *girl band* aos Estados Unidos (não, as *spice* não foram uma das palavras tudo a ver). Mas a sagacidade de Acker nesta matéria jornalística me atinou: será que ela não teve relação com o riot grrrl? Ela que frequentou a cena *underground* nova-iorquina e o punk antes, durante e depois de sua eclosão.

Em 1990, a jovem estudante de fotografia Kathleen Hanna viajou para participar de um *workshop* com Kathy Acker no Seattle's Center on Contemporary Art. Não foi por acaso. Hanna era louca por Acker, seu modo de escrita, sua linguagem e as temáticas por ela abordadas, semelhantes ao que a estudante experimentava em seus fanzines. No segundo dia de oficina, Acker lhe perguntou por que ela escrevia e, depois de ouvir a resposta, falou: "se você quer que as pessoas ouçam o que você está fazendo, não faça spoken word[1], porque ninguém gosta de spoken word, ninguém vai a spoken word. Há uma comunidade maior para músicos do que para escritores. Você deveria ter uma banda". Instigada, Hanna se juntou a duas amigas da universidade e montou a banda punk Amy Carter. Um ano depois desse workshop, Kathy Acker estava lecionando no San Francisco Art Institute, e Kathleen Hanna estava com uma outra banda, ao lado da também autora de fanzines Tobi Vail. Essa banda era a Bikini Kill.

1 Encontros para récita de poesia ou outros tipos de texto. A prática ganhou força nos Estados Unidos com os movimentos sociais de minorias, na segunda metade do século XX, especialmente o movimento negro, retomando as procedências dessa prática em meio a povos africanos.

Kathleen Hanna, Tobi Vail e muitas outras garotas que fizeram a cena punk feminista riot grrrl inventaram uma outra escrita, um outro jeito de ser punk, feminista e mulher. O estrondo que causaram foi para além do rock, transformando o feminismo e, indiretamente, o *mainstream* que produziu as Spice Girls e outras *popstars* vestidas de uma roupagem feminista neoliberal, inovando um mercado em ascensão até hoje (obviamente, anunciam um discurso feminista bem diferente do das riot grrrls, mas isso é outro assunto).

As riots não foram levadas a sério por muitas feministas, que julgavam um desserviço a radicalidade com que escreviam, produziam, cantavam, vestiam e falavam sobre sexo e contra a sociedade. Kathy Acker enfrentou julgamentos semelhantes, ainda mais desqualificadores, que insinuavam que ela corroborava com a submissão feminina ao retratá-la em seus livros, além de rechaçarem o que consideravam pornográfico e uma "objetificação" da mulher. Como ela disse para Kathleen Hanna, é mais fácil ser ouvida numa banda do que lida, ainda mais depois dos espaços abertos pelas implosões provocadas pelo punk.

Nos países do hemisfério Norte, especialmente falantes de língua inglesa, Kathy Acker é considerada uma reconhecida "autora de vanguarda". Das 28 obras publicadas por ela em seus cinquenta anos de existência, menos de um terço foi traduzido para outros idiomas. Em alemão, francês, espanhol, italiano, finlandês, russo e japonês, é possível ler um ou outro título mais famoso da autora e alguns livros de menor repercussão. **A Vida Infantil da Tarântula Negra** foi traduzida apenas para o francês. Esta é, pois, a primeira edição em língua portuguesa de Kathy Acker.

Não me lembrava das referências a ela presentes em livros usados nas minhas pesquisas de iniciação científica e mestrado – ambas sobre o riot grrrl –, porque esse nome não dizia nada para mim. Mas se a Kathleen Hanna tivesse sido impulsionada a montar uma banda por algum escritor "de vanguarda", por algum *beat*, por algum "gênio" do *underground* nova-iorquino, possivelmente eu teria reconhecido e dado importância a esse fato. Possivelmente seria um fato relevante e de conhecimento público sobre a história do riot grrrl.

Mas ela não é um escritor nem mesmo é uma escritora bem adequada aos moldes das autoras consagradas ou peneiradas pelas cotas. Ou existiu apenas uma escritora *beat*? Quanto tempo Patti Smith, outra precursora punk e contemporânea de Acker, levou para ser reconhecida também como escritora? Ela escrevia poesia antes de começar a cantar... Dizer que "as outras" não eram boas não é uma questão de gosto.

Uma escritora que anuncia o feminismo punk e o queer é uma bomba. Destrói e inventa outras coisas, outros modos de fazer e de ser. Para elaborar sua forma própria de fazer e escrever, Acker experimentou. Não sozinha, não sem muita leitura e estudos, não sem acompanhar artistas radicais como os do Fluxus e da Black Mountain, não sem se envolver com outros escritores, sendo Burroughs um parceiro imprescindível, assim como David e Eleanor Antin, que foram seus professores na Universidade da California (graças à lista de arte-postal de Eleanor, **A vida infantil da Tarântula Negra, por Tarântula Negra** começou a circular).

Aqui, Kathy Acker aparece através do pseudônimo Tarântula Negra e se mistura a personagens que foram buscadas em outras histórias e ganharam nova existência nas narrativas da aranha. São personagens de livros, são escritoras, são escritores, são mulheres cujas vidas estão na história. Não na História, mas nas histórias menores, como Moll Cutpurse, a rainha dos ladrões londrinos do século XVII. A própria Acker, suas memórias, experiências, sonhos, delírios e fantasias se mixam aos aspectos dessa gangue de personagens, que não se distribuem hierarquicamente como protagonistas ou coadjuvantes em uma sucessão linear de fatos. A Tarântula Negra nos mostra que não há delimitação nítida entre sonho-história-fantasia-literatura--memórias-estados alterados de percepção. Tudo é real, é uma verdade em construção, a partir de perspectivas outras e em movimento.

Na busca por uma linguagem que não se construísse a partir dos tradicionais ditames literários masculinos – tampouco reproduzindo o oposto binário, em busca do que seria uma linguagem literária feminina –, ela descontruiu as regras gramaticais rígidas, as normas de pontuação e a clássica divisão sujeito-objeto. Compõe o texto como nos sonhos, onde somos o espaço, o sonho e o sonhador; somos e estamos em outro tempo. Atos de percepção. "Escrita como uma máquina de destruição", afirmava Acker. Em luta contra as significações e classificações fixas, abrindo possibilidades tanto para ela que escrevia quanto para quem a lê. Talvez Gilles Deleuze dissesse: escrita como máquina de guerra.

A autoria também é desmontada. Seu romance é composto por apropriações, colagens, justaposições de outros. Não há respeito pela propriedade de uma história, de um personagem, de um livro. Sua técnica de escrita, semelhante aos *cut-up's* de Burroughs[2], foi nomeada por ela mesma como *plagiarismo*. Não se trata de um plágio exatamente, pois a autora sempre indica aos leitores as referências que foram recortadas e rearranjadas, transformadas. Mas a escolha por nomear seu método de escrita com uma palavra que remete a uma definição jurídico-criminal não é à toa. O plágio, no âmbito das produções intelectuais, é semelhante à pirataria no âmbito da reprodução e comercialização desautorizadas de produtos: ambos subvertem os chamados direitos autorais. Acker era desobediente às autoridades de toda ordem, às normas e às leis, como fica claro e convidativo no escrito da Tarântula Negra. Trata-se de um traço da contracultura que permanecia na autora que anunciava o punk, tal como sua postura antimilitarista e não violenta.

A escritora gostava de reinventar sua história constantemente, tanto em seus livros quanto em entrevistas e relatos sobre a sua vida. Se há um fator comum as suas narrativas sobre si mesma, este era o interesse por piratas. Desde criança ela tinha grande prazer na leitura, e essas eram suas histórias favoritas. Ela queria ser uma pirata quando crescesse, mas parecia que ela não podia. Nem nos livros, nem na história ela sabia de mulheres piratas. Quando adulta, ela descobriu histórias *reais*.

2 Para saber mais sobre o método *cut-up* e a obra de William S. Burroughs, veja: **O comissário do esgoto: coragem da verdade e artes da existência na escritura-vida de William Burroughs** (2014). Dissertação de mestrado de Wander Wilson Chaves Jr.

No verão de 1718, o marinheiro James Bonny serviu à corte de Bahamas como informante de piratas que agiam na região, auxiliando na captura e execução de muitos. Sua esposa, Anne Bonny se opunha a cagoetagem do marido e passou a frequentar as tavernas e se aproximar dos piratas. Foi assim que se apaixonou por John "Calico Jack" Rackham com quem fugiu a bordo de um navio roubado. Ela se tornou uma integrante da tripulação, travestindo-se como um pirata. Dois anos depois, em uma das invasões a outras embarcações, conheceram Mark Read, que se tornaria também um pirata da gangue de Calico Jack. Certo dia, Bonny disse a Read que estava apaixonada por ele. Descobriu que Mark havia sido batizada Mary Read. O ciúme do Calico foi domado quando Bonny lhe revelou esse fato. O restante da tripulação não sabia o *verdadeiro sexo* das duas e o capitão desconhecia a *verdadeira* relação das duas. Quando em águas Jamaicanas, foram atacados por homens que serviam ao governo local, onde a gangue do Calico Jack também era procurada. Bonny e Read foram os piratas mais bravos no combate, derrubando homens e lutando até a derrota da tripulação que, totalmente embriagada, foi incapaz de contra-atacar. Todos foram enforcados. Anne Bonny e Mary Read, assim identificadas pelas autoridades, conseguiram adiar a execução de suas penas pois estavam grávidas. Dizem que Mary Read morreu na masmorra durante uma febre altíssima, mas apesar de um registro funerário na igreja de St. Catherine, não há registro de óbito, nem dela, nem do bebê. Anne Bonny deu à luz e desapareceu. Não se sabe o final da história de nenhuma das duas. Mas nenhuma delas foi enforcada.

No artigo "Against ordinary language: the language of the body", Acker escreveu: "os piratas viviam no mundo vivo porque eles se divertiam. Como os piratas viviam nos meus livros, eu fugi para o mundo dos livros, o único mundo vivo que eu, uma garota, pude encontrar. Eu nunca deixei esse mundo (...). Quando eu era criança, eu sabia que a separação entre mim e a pirataria tinha algo a ver com o fato de eu ser uma garota. A ver com gênero. A ver com estar em um mundo morto. Logo, gênero tem algo a ver com morte". Este escrito foi publicado em dezembro de 1995, momento em que já havia a expressão "teoria queer" para designar um punhado de pesquisas acadêmicas que questionavam a noção de gênero, suas atribuições sociais e seu alegado determinismo biológico. Neste artigo, ela aparece acompanhada por Luce Irigaray e "This Sex which is not One" e de Judith Butler e **Corpos que importam**[3]. A teoria queer não emergia como uma criação dentro dos gabinetes de pesquisadoras, afirmava um desdobramento das ruas, de lutas que vinham pululando desde os anos 1980. Dava outros contornos às rupturas levadas adiante por pessoas que recusavam a política do movimento gay, rumo à *assimilação*: reconhecimento e proteção legal; inserção rentável no mercado; consolidação de famílias chanceladas pelo Estado, aos moldes da monogâmica burguesa; em suma, reprodução de um estilo de vida *maior*, heteronormativo. Mais uma vez, estamos diante de um movimento minoritário que foi amplamente rechaçado por outros, sendo negado e atacado pelos movimentos gay, feminista e das lésbicas.

Na década de 1990, Kathy Acker aproveitava seu cargo no San Francisco Art Institute para oferecer aulas abertas e atrair um público diferente do universitário. Em um desses cursos, realizado no pub Edinburgh Castle, ela incitou seus estudantes – punks, queers, putas, strippers, junkies – a escreverem. Dentre essas pessoas, estava Lynn Breedlove, vocalista da banda de queercore Tribe 8, que no final dos anos 1980 sacodiu a cena punk de São Francisco com seus shows escandalosos. Breedlove se apresentava sem camiseta, os seios de fora e um "A na bola" inscrito na barriga, usando acessórios BDSM e um dildo que, durante a música "Romeo and Julio", era chupado por algum homem da plateia e depois destruído por ela. A Tribe 8 não existe mais, e Breedlove segue escrevendo, sem se esquecer de Acker. Pessoa que, segundo elx, "nos desafiava a escrever. Ela trouxe os fantasmas da literatura de volta à vida. Ela trouxe a história queer à vida. Ela viveu isso".

3 Uma das obras mais importantes da teoria queer que ganhou, enfim!, sua edição brasileira recentemente, pela crocodilo edições em parceria com a n-1. O texto de Irigaray, uma das primeiras referências do que viria a ser a teoria queer, escrito nos anos 1970, nunca foi traduzido para o português. É possível encontrar a sua versão original na internet.

Ainda em meados da década de 1980, Acker integrou uma das primeiras – talvez a primeira – coletâneas de textos queer com o artigo "The End of the World of White Men". O livro, intitulado **Posthuman Bodies** (1995), foi editado por Judith Halberstam e Ira Livingston. Halberstam nos presenteia com uma das produções atuais da teoria queer mais diferentes e potentes, pois escapa do binarismo preservado pela maioria dos autorxs queer que se localizam à esquerda do Estado. Halberstam se interessa pelo queer anárquico.

No início dos anos 1970, a Tarântula Negra anunciava uma escrita, uma literatura queer. Em meio a mais de uma dezena de vozes e personagens, o gênero flui. De repente, ela vira ele, depois volta a ser ela. Uma memória de infância masculina entra na narrativa de uma personagem feminina como sendo sua. Uma mulher, enquanto se masturba ou trepa, sente seu pau, num híbrido com o clitóris, despretensiosamente destruindo o falo por meio de um delírio orgástico que simplesmente acaba com o ideal da virilidade e com a suposta inveja feminina pela ausência do órgão. Em sua loucura de prazeres livres, Acker anunciava uma possibilidade que ganharia forma, alguns anos depois, especialmente nas primeiras obras de Judith Butler.

Praticamente todas as personagens, migradas de outros livros, retomadas da história ou inventadas por Kathy Acker a partir dela mesma e de suas relações, travestem-se. Trajando roupas masculinas, elas andam firmes, sozinhas, pelas ruas; elas frequentam bares e se embriagam; elas roubam e matam; elas fazem o que querem. Sem intuito teórico, a fluidez de gêneros nas personagens era algo mais intuitivo, sem grande importância ou significado, comentou a autora décadas depois. Talvez uma forma de manifestar seu ódio pelo gênero, provocado pela primeira vez durante leituras de escritas masculinas e personagens masculinas.

"Se eu estiver constantemente aterrorizada e com fome de leis, eu não poderei gozar", ressoa a voz da Tarântula. O gozo, a força do orgasmo aparecem com a potência liberadora do prazer, capaz de suspender o eu, desidentificar, conduzir ao movimento de exaltação e deleite extasiante, mostrar às mulheres força e a alegria de experimentarem seus quereres e desejos. O toque ganha mais importância do que a fala; a entrega a ele possibilita suspender o pensamento, a memória, os julgamentos, o valor dado a com quem se está, a como se reconhece e identifica essa pessoa, aos seus nomes e suas identidades. O eu deixa de existir, torna-se a outra pessoa, torna-se uma mistura, torna-se x outrx, torna-se ninguém, torna-se nada (e isso não é algo negativo). "Minha revolta contra a sociedade de morte colide com meu desejo de ser tocada eu não tenho identidade".

De repente, o ela vira ele, depois volta a ser ela, depois vira um bicho, uma outra forma de existência. O gozo é possível como animal, com os animais, com outras formas vivas da natureza como as árvores e o mar. Numa erótica *nonsense*, os dedos do pé viram pessoas que trepam. A sexualidade ocorre no interior da escrita, não é expressa por ela, "uso minha escrita pra me livrar de todos os sentimentos de identidade que não sejam a minha sexualidade". A própria sexualidade é demolida, uma vez que a busca pelo gozo, cada vez mais e mais potente, abdica de qualquer conduta sexual e não se limita, não se deixa governar. Todas as "perversões" sexuais, todos os tabus são praticados no livro sem quaisquer traços de violência ou dominação – exceto a consensual BDSM –, e são vivenciadas por mulheres que querem, que encontram força em seus corpos e nesses prazeres. Faz lembrar a *contrassexualidade* de B. Preciado, conceituada no início dos anos 2000. Talvez não por acaso, a escrita literária de P. é bastante atravessada por A., assim como a de Virginie Despentes, que estabelece uma conversa descaralhada ao som de três *power chords* com Acker.

Outro conceito de P. Preciado, a *potentia gaudendi*, um pouco mais recente, também estabelece conexões com o pensamento e a erótica de Acker. *Potentia gaudendi* define a força orgásmica resultante da potencialidade de excitação inerente a cada molécula de matéria. Força transformadora em prazer, energia vital que, dependendo de como se lida com ela e de qual o lugar do desejo, pode servir a diversas funcionalidades, inclusive ao trabalho capitalista. Na Tarântula, essa força alimenta a escrita de alguém que só precisa de papel, lápis e um canto para escrever e se masturbar. Nela, por vezes, essa força se torna a única realidade.

Ou, ainda, como situou Michel Foucault em conversa com Jean Le Bitoux, publicada poucos anos depois da Tarântual ganhar vida, com o título de **O saber gay**, as "intensidades do prazer estão ligadas ao fato de alguém se dessujeitar, deixar de ser um sujeito, uma identidade. É algo como uma afirmação da não-identidade" (é bom lembrar: as pesquisas e análises do filósofo, lido por Kathy Acker, foram imprescindíveis para abrir as perspectivas para que outrxs pudessem dar forma ao queer e à teoria queer). Não apenas o prazer do sexo, como também o das substâncias alteradores de consciência possuem essa potência que abre possibilidades para dessujeitar-se, desidentificar-se. Como no sexo, depende do uso e do querer. Especialmente as moléculas psicodélicas ganham destaque na obra. Encontradas na natureza, psilocibina e mescalina são acessíveis a quem queira, assim como o orgasmo. "Quando eu observo as nuvens brancas atravessando o céu escuro, a lua por detrás dessas nuvens me deixa louca psilocibina gratuita pra todo mundo".

A Tarântula não é apenas um pseudônimo metafórico, nessa viagem há instantes em que as personagens não pensam em si mesmas como pessoas e, por considerarem as possibilidades de prazer com seres não humanos, não se sentem mais importantes por sua humanidade. Morte e mudança de forma, diferenças e proximidades entre pessoas e outras formas de vida, olhar para a natureza e suas forças sem superioridade e em comunhão pelo prazer; abrem-se as percepções.

As experiências liberadoras da Tarântula Acker se afirmam na luta direta contra a mortificação produzida pela aceitação e sujeição às instituições. As personagens fogem. Escapam da família, dos pais, do casamento, do marido, do amante, do hospital, do hospício, da escola, do seminário de meninas, da cadeia. E lutam para destruírem as prisões erguidas em suas próprias mentes, por suas condutas. Vivem seus quereres livres, não aceitando as ordens de autoridades, sejam elas quais forem. As perspectivas abertas pela escritora, por suas experiências, são liberadoras.

Kathy Acker foi precursora de um tanto de coisas que me atravessam, e eu não fazia ideia. O meu encontro com ela, por meio da Tarântula Negra, foi um presente. Como as boas experimentações psicodélicas, estabeleceu novas conexões na minha cabeça e abriu percepções. Propiciou também conversas entre minhas pesquisas e figuras que me acompanham em minhas reflexões. Apresentou-se e também fez descobrir outras pessoas interessantes. Instigou-me e me atiçou com sua escrita, seu modo de fazer, sua ousadia, suas destruições, sua potência orgástica. Mas aposto que não só a mim a coragem com a qual ela se lançou e experimentou a escrita e seu próprio corpo, sua existência e seu jeito de fazer as coisas vai contagiar. Pois é contagiante olhar para a vida atenta ao que é belo e prazeroso, e viver nossos quereres de qualquer moral.

Em uma festa queer de música eletrônica, lembro-me da Tarântula Acker. Corpos à vontade em suas danças, livres para serem o que são, envolvidos pelos sons e pelas substâncias que correm dentro de seus corpos e mentes. A mudança de *tracks* já prontas em um *djset*, a entrada de um *live* com seus movimentos únicos, aqui e agora, em conversa com a pista. Sons mixados, recortados, colados, justapostos, computadorizados, o *plagiarismo* ganhou outra forma na música. Um espaço de liberdade, comunhão entre gente estranha, afirmações sem palavras e o gozo preciso para não se deixar aprisionar pelo antitesão de tempos tão fodidos. Como uma boa viagem, a Tarântula se faz presente em mim e rompe o cotidiano.

Todos os eventos e informações foram tirados da Tarântula Negra, de Kathy Acker, de Lynn Breedlove, do Digital Transgender Archive, de **Girls to the Front: The True Story of the Riot Grrrl Revolution** (que agora existe em português, pela Powerline)

INTENÇÃO: EU ME TORNO UMA ASSASSINA REPETINDO EM PALAVRAS AS VIDAS DE OUTRAS ASSASSINAS.

1

Algumas vidas de assassinas.

JUNHO, 1973

Eu me torno uma assassina.

Eu nasço no final do outono ou no inverno de 1827.

Troy, Nova Iorque.

Minha infância é feliz, e meus pais me deixam fazer tudo o que eu quero, contanto que, por minhas ações, não prejudique sua alta posição social. Meu pai é um homem formidável e rico, um homem alto, que eu admiro. Enquanto criança, me sinto segura entre minhas bonecas. Jamais morrerei. Ninguém pode me machucar. Minha mãe, meu pai, minhas duas irmãs mais velhas, minha irmã mais nova e meu irmão muitas vezes me ignoram, ou prometem me amar, me dar um presente, depois não cumprem; e eu choro. Meu nome nessa época é Charlotte Wood.

Eu não me lembro de nada da minha infância antes dos seis anos, quando começo a aprender a ler. Minha irmã mais velha se casa com um baronete e vive na Inglaterra; minha segunda irmã mais velha se casa com um médico e se muda para a Escócia. Sou uma criança obediente: faço com obstinação o que meus pais e seus sócios querem que eu faça. Alucino. Trepo nas árvores, enfio agulhas na bunda dos menininhos. Alucino que a Virgem Maria veste calça preta de couro e jaqueta de motoqueiro de couro preto, que trepa nas árvores, não dá a mínima para ninguém. (Ligo para D em Los Angeles você quer dormir comigo comigo quando e onde lá por que você não passa alguns dias comigo eu ligo para você amanhã. Três dias depois nenhuma ligação eu sou maníaca preciso ver D não o conheço olá tenho uma carona para Los Angeles mentira não tenho certeza se sei onde podemos ficar será que é melhor eu subir. Nós não nos tocamos não falamos de nada pessoal até chegarmos ao motel nunca falamos nada pessoal passamos a noite juntos preciso estar em Irvine pela manhã estou ocupado me ligue na sexta. Você quer que eu te ligue sim. Eu ligo sexta ligo sábado domingo sou eu Kathy Oh hum você quer passar uma noite comigo de novo está muito ocupado eu estou muito ocupado hum tchau divirta-se em Nova Iorque hum tchau.)

Com dezesseis anos, eu me instalo pelos dois anos seguintes no internato feminino de Troy, a escola que minhas irmãs mais velhas frequentaram. Ela fica ao lado de um grande lago ou oceano; passo o tempo livre contemplando a água azul depois verde depois branca. Quero ser uma sereia: nado debaixo da água pesada com as pernas juntas; os músculos pesados dos braços movem o resto do meu corpo. Quero que alguém, um homem, venha até mim numa varanda de pedra, coloque os braços em torno dos meus ombros, tire o cabelo da minha testa com a mão. Na escola, encontro o único amor da minha vida. Ele é honesto comigo, é tão inteligente e paranoico quanto eu. Meu pai proíbe nosso casamento porque as conexões sociais da família do meu amante são insuficientes. Quando meu pai (adotivo) suspeita que tenho dormido com meu futuro marido, ele baba por mim. Estupro. Meus pais me tiram do internato, 1846, e me mandam de volta para a casa deles no Quebec.

Eu tenho dezenove anos. Conheço o tenente William F. A. Elliot, primogênito de um baronete, que me ama e, com a ajuda de meus pais, me força a casar com ele. Tenho que me casar. Meu novo marido planeja me levar de Nova Iorque até a Inglaterra, já não estou mais segura. Troco minhas roupas femininas por roupas masculinas, perambulo pelas ruas de Nova Iorque. Meus pais, meu marido e eu me trancamos numa prisão e não sou capaz de trepar com ninguém. A Inglaterra é pior. A Europa é pior. Escócia França Itália. Esses são os primeiros sinais da minha loucura.

Apesar dos meus dois filhos (eu fantasio que D me liga isso é impossível eu fantasio que ele lê minha carta para B que ele descobre que gosta de mim que estamos ambos em Nova Iorque ou Los Angeles que ele tira minha capa preta de veludo, coloca as palmas das mãos nos meus mamilos, esfrega as mãos rapidamente para cima e para baixo desvia de repente para o meio das minhas costas puxa meu corpo contra o dele me dá um frio na barriga me leva para uma cama dura deita o corpo forte sobre o meu), eu abandono meu marido, decido, vou embora, abandono meus filhos, vou voltar para o meu lar, os Estados Unidos. Minha empregada Helen vem comigo. Odeio todo mundo, quero matar todo mundo, num hotel na cidade de Nova Iorque um homem rico e famoso me olha, sei o que ele quer, vou voltar para casa. O homem é muito influente. Meus pais me odeiam, me botam para fora de casa no Quebec, abandonei meu marido, não tenho direito de abandonar um homem, especialmente um que me ama, sou esquisita, não sou um robô. Dar o fora, dar o fora daqui. Fazer o que eu quero. Dar o fora de todos os lugares. Fodam-se. Vão à merda fodam-se.

Não tenho dinheiro estou na rua estou morrendo ninguém vai me ajudar eles pisam em mim eu vomito vomito provoco tudo que acontece comigo vou dar o fora dessa porra.

No navio de volta para Nova Iorque tenho delírios paranoicos: acredito que o homem que está me encarando não está me encarando com desejo, luxúria etc. Espiões espreitam meus passos a noite inteira. Deixo o homem falar comigo, assim posso descobrir se meu marido e meus pais o contrataram para me espionar. Foda-se. Não amo esse homem; jamais o amarei. Tenho um delírio paranoico de que estou me vingando dos meus pais. Estou escapando. Fico mais louca.

Dou uma festa para minha boneca.

Em Albany: tenho 23 anos; meu amante me diz que sou bonita e inteligente. Não posso conversar com ninguém além dele. Depois de me esgueirar pelas ruas de Troy, me obrigo a me mudar para Albany, Nova Iorque, onde serei mais livre. Estou sempre sozinha; não tenho ninguém com quem falar. Não há ninguém com quem possa ser eu mesma. As pessoas em Albany me odeiam; não reparam em mim, estou disfarçada, só falam de mim quando mal posso ouvi-las. (Eu me esgueiro pelo corredor verde-escuro até o canto da porta de entrada do quarto dos meus pais eu deveria estar dormindo meu pai está falando para minha mãe que sou uma criança má e desprezível mal consigo ouvir o que eles estão dizendo.) Preciso comprar uma pistola assusto tanto minha nova empregada que ela consegue um mandado de prisão contra mim. Todos me odeiam querem apenas me foder não querem me foder. O policial me encontra com meu novo amante; meu amante me tira da cadeia. Não importa para onde eu vá em Albany todo mundo fala de mim. Eu me obrigo a voltar para Troy. Reclusão.

25. Não é 25.

Para escapar dos meus pais, tentei foder com quem eu queria, me apoiar em algumas pessoas; fico ainda mais enclausurada. Não quero ninguém me dizendo o que eu deveria fazer. Não quero ninguém me seguindo por aí, fofocando em segredo a meu respeito, porque não sou mais um robô.

Em Troy aprendo a não falar com ninguém, nem mesmo com as empregadas, faço meus planos para a vida toda em segredo. Viajo para Boston, depois para a Inglaterra, volto para o meu marido amado. Meu amante me segue até Boston, coloca os braços por cima do meu corpo aonde você está indo cuidarei de você amo você sou a única pessoa que pode cuidar de você ele é alto e magro cabelo grisalho eu não me importo com o que ele é não me importo com sua aparência sua mão desliza pela lateral do meu corpo magro pela cintura até alcançar minha bunda grande eu não sei como é minha aparência a pele se separa da pele na minha boceta as peles sob o meu umbigo em torno do meu umbigo revelam uma mão encurvada circulando as extremidades das peles macias

Ele pega minha mão esquerda bota embaixo do pau sobre uma pele mais macia sua mão descansa sobre a minha seu pau emerge da própria mão eu mexo a minha ao redor da sua pele ele começa a gemer eu ouço o corpo rolar de um lado para o outro aperto e afrouxo a mão sinto as mãos dele apertarem meus ombros me empurrarem para baixo ao longo do seu corpo seu corpo descansa sobre o meu de modo que o pau se move para dentro e para fora de minha boca entre as fendas das peles eu me converto num túnel longo e estreito começo a levantar as coxas

(Saio do banheiro abotoando a calça peço para ele ligar a tevê minha mão esquerda toca seu ombro ele se vira bruscamente para mim eu queria que ele se virasse para mim rapidamente sinto os lábios e a língua molhados no centro da boca a transformação brusca do sonho-fantasia em realidade me deixa incapaz de reagir ele levanta meu corpo sobre o dele na cama sinto sua língua entrar na minha boca a transformação brusca do sonho-fantasia em realidade me deixa incapaz de reagir nós dois deitamos apoiados sobre o lado direito fico de frente para você seu pau toca os lábios da minha boceta penetra no canal molhado seus braços apertam firmemente meu corpo em torno da pele quente da minha cintura de cima a baixo da minha espinha seu pau escapa inclino o corpo até as mãos quase tocarem os dedos do pé embora eu perca o calor da sua pele ainda posso sentir seu pau mexendo dentro da minha pele peles posso começar a gozar os músculos da minha boceta começam a se mover ao redor do seu pau meus músculos se libertam se contorcem até a extremidade do meu clitóris através das minhas pernas no centro do meu estômago novos músculos mais novos vibram estou começando a gozar não te conheço.)

Estas são minhas insanidades:

Digo às pessoas que encontro na rua que meus vizinhos estão conspirando contra mim. Eu me armo com pistolas, ameaço meus inimigos vou estuprá-los matá-los. Meus vizinhos são um bando de ladrões e estão planejando me roubar. Um deles parou toda a navegação do rio Hudson. Tenho uma rolha mágica na minha boca que realizará tudo. Assim como o sol nasce todas as manhãs, perambulo disfarçada pelas ruas de Troy. Posso parecer sensata (um robô).

Nunca mais escreverei nada.

Meus únicos amigos são as pessoas pobres e indesejadas de Troy. Odeio ricos de merda, faria qualquer coisa para destruí-los. Não sou política. Compro meus escassos mantimentos do dono da mercearia, um vagabundo irlandês, Timothy Lanagan, que tem uma mulher e quatro filhos. Sei que estou bebendo cerveja e conhaque demais, estou muito fechada em mim mesma para pensar claramente sobre a minha degradação, minha infelicidade, estou com medo o tempo todo. Não sei do que ter medo. Amo não amo odeio não odeio estou com medo não estou com medo mato não mato. Estou começando a descobrir quem são meus inimigos.

Um dia, na primavera de 1953, estou numa festa no boteco dos Lanagans aprendi a falar a linguagem correta um dos homens repugnantes me insulta. Ninguém acredita que ele me insulta. Não conheço ninguém com quem possa realmente falar. Os imundos dos Lanagans me pedem para sair. Vou mostrar para eles. Dessa vez vou me vingar. Digo para o meu jardineiro pedir dois dólares emprestados aos Lanagans. Meu jardineiro está pensando em me matar eu mesma peço dois dólares aos Lanagans, eles não têm nenhum dinheiro estão morrendo de fome sei exatamente o que está acontecendo. Volto para casa. (Sonho que volto para Nova Iorque vou faltar a uma importante reunião de radicais no meio da St. Mark's Place sento-me num apartamento num bairro de ricos olho fixamente pela janela é claro que falto à reunião perambulo pela igreja quando é noite vazia.)

Duas horas depois, entro no quarto dos fundos dos Lanagans conto a verdade aos Lanagans e aos homens misteriosos: meu marido acabou de sofrer um acidente na ferrovia. Sei exatamente o que está acontecendo.

Duas horas depois, entro no quarto dos fundos dos Lanagans. Os Lanagans estão comendo. Peço um ovo aos Lanagans e a sra. Lanagan me dá o ovo e uma batata descascada. Convido a sra. Lanagan e sua cunhada para tomar uma cerveja comigo. Sei que sou uma bêbada. Sou esperta, este é meu plano:

Peço açúcar à sra. Lanagan eles recusam compro o açúcar no mesmo instante peço para a sra. Lanagan botar açúcar de confeiteiro na minha cerveja ela traz de volta o açúcar de confeiteiro num pires, dois copos, cerveja. Peço para a sra. Lanagan cerveja o suficiente para encher os copos até a borda agora tenho o açucareiro na mão. Ela vai buscar mais cerveja. Coloco na cerveja o açúcar e o arsênico que comprei dez dias atrás para matar os ratos. A sra. Lanagan nota o pó em cima da cerveja. É bom beber. Lanagan chama a esposa para cuidar da loja Lanagan bebe a cerveja intocada. A cunhada bebe a cerveja dela. Duas horas depois a sra. Lanagan me diz que matei seu marido e sua cunhada. Ela me manda ir para casa.

Sinto raiva. Tenho esquecido de sentir. Sinto que fiz o que queria. Sinto-me animada. Consegui esquecer meus pais. Acordo entre 11h e 13h, levo de meia hora a uma hora para fazer a faxina, falo com amigos, como, dou um pulo de uma hora na praia, me exercito, trabalho pelas oito horas seguintes fazendo três ou quatro pausas curtas, como algo rápido, bebo vinho ou jogo xadrez para me acalmar, fodo ou não fodo, caio no sono. Não falo com quase ninguém porque acho difícil encontrar pessoas que aceitem minha alternância entre o estilo eremita e a mania de me apaixonar. Meu estilo me obriga a viver em São Francisco ou Nova Iorque. Não quero aprender a dirigir amo cidades preciso estar segura continuo trabalhando duro numa cidade grande.) Durante minha infância dou muitos sinais de que sou selvagem, diferente dos meus pais e de outras pessoas. Fujo da propriedade da minha família com uma gangue de ciganos, meu pai é rígido e estúpido eu sou gentil minha mãe é linda fujo com um dos criados. Tenho cabelos dourados, grandes olhos azuis, estou sempre rindo. Sou muito durona. Já que não vou parar de ser um moleque meus pais decidem que preciso me casar. Quero me casar para fugir dos meus pais para fazer tudo que eu quiser. Nasci pobre em St. Helen, na ilha de Wight. 1790. Quando criança, dificilmente tinha comida para comer. Meus pais vão para o abrigo; eu me torno empregada numa fazenda. Os merdas começam a me dizer que se não for humilde, respeitosa, preciso ter segurança... Eu vou te estuprar você precisa de segurança. Eu me torno camareira num hotel. Não nasci ontem.

Eles me colocam na cadeia. Meu amante, que me escondeu na casa branca perto do rio, nunca apareceu para me ajudar. O internato feminino de Troy onde estudei anuncia no jornal local que Charlotte Wood vive na Inglaterra. Eu sou Henrietta Robinson. Graças ao escândalo, meu irmão me visita na prisão, agitado, não sou sua irmã. Coloco um véu. Tento cometer suicídio, mas os merdas me salvam. Como consegui o vitríolo? Eles me fazem confessar a verdade.

(Vivo tranquilamente mudo meu estilo de vida devido a uma úlcera como grãos vegetais alguns lacticínios sou muito pobre para ver um médico pelo menos uma vez por mês me apaixono por alguém ao mesmo tempo que vivo com Peter que eu amo raramente faço amizades me comporto desajeitadamente com as pessoas pelas quais me apaixono.)

Eu nasço pobre em St. Helen, na ilha de Wight. 1790. Quando criança dificilmente tenho algo para comer.

Ainda sou uma criança quando vejo meu pai e minha mãe serem arrastados para o asilo local, ando sozinha pelas ruas da cidade um velho me para me pergunta se preciso de ajuda eu fujo um homem sombrio enfia a mão embaixo do meu suéter toca meu peito achatado um fazendeiro da região me aceita como empregada geral. Três anos de merda preciso ser forte aprendo rápido. Sei que preciso conseguir sozinha o que eu quero; o capataz e sua mulher abaixo dele me dizem que não posso fazer o que eu quero. Se não fizer o que eu quero e for humilde e respeitosa, levarei uma vida feliz. Foda-se a vida na fazenda desapareço

Caminho por um mundo escuro se quero alguma coisa tenho que conseguir. Estes são meus próximos empregos – antes de começar a fazer o que eu quero: assistente numa chapelaria no West End de Londres de onde fui demitida por dormir com um operário, descubro que não posso dormir com quem eu quero até ter bastante dinheiro; quase morro de fome, vendo laranjas na galeria de um teatro em Covent Garden; me torno amante de um rico oficial do exército. Estou muito insegura, ainda sou quase uma escrava, ainda não planejo totalmente cada passo da minha vida futura, mas agarro esse homem que pode me sustentar e me vestir e me manter aquecida.

Cometo meu primeiro erro: começo a ficar mais calma me identifico muito com esse homem que mata minha fome. Fico confusa, esqueço a minha ambição e a ambição se perde: tenho roupas então quero mais roupas; acho que posso fazer o que eu quero sem medo da fome então dou ordens ao meu amante. Estou aprendendo sobre mentiras. (Visto roupas masculinas, jeans cortado dois centímetros acima dos pelos da boceta seguro o jeans com um cinto de couro marrom com tachas quando me sento no colchão de água onde escrevo o tecido do gancho da calça pressiona os lábios da minha boceta estou sempre um pouco excitada me masturbo frequentemente quando escrevo escrevo entre quinze minutos e uma hora então desato o cinto marrom ou abro o zíper do jeans e/

ou forço a mão entre o tecido do jeans e o abdômen a palma da mão me masturbando me acalma mantém um nível de energia para que eu possa continuar trabalhando nos dois últimos dias eu não quis foder com P porque D me machucou visto roupas masculinas jeans cortado dois centímetros acima) Eu me comporto muito mais como um homem, pareço ser muito forte; apesar da minha beleza meus amantes me abandonam. Vou te dar cinquenta libras por mês, preciso de mais, você gasta muito dinheiro, você não economiza dinheiro o bastante. Eu me olho no espelho não sei se sou bonita, comum ou feia tenho que usar o que enxergo como um objeto torná-lo o mais atraente possível para os outros. Agora sou duas pessoas.

O segundo passo para o meu sucesso começa no inferno. Ninguém repara em mim apesar da minha beleza e inteligência. Tento me ensinar teorias políticas e filosóficas mas volto a passar fome. Ninguém consegue me botar para baixo; vou mostrar a esses nojentos. Estou perambulando no inferno as ruas fedem à merda quero ser capaz de continuar fazendo coisas novas e diferentes não sei como, os cães comem os membros de humanos vivos e uivam. Ladrões se misturam com os cadáveres de homens ricos e ninguém nega nada aos ricos aos aristocratas. Decido me tornar empregada da cafetina de um bordel patrocinado por famílias reais e nobres estrangeiros forçados a fugir da hostilidade dos governos revolucionários de seus próprios países. Geralmente, os vagabundos, enquanto sua sagacidade não é aniquilada pela fome e pelo medo, sabem mais do que os ricos sobre como os homens operam e matam na cidade. Vou direto para a informação, para o conhecimento, sou muito curiosa; sou muito vivaz charmosa e deslumbrante para ser demitida. Dissimulo minha ambição e também meu conhecimento atrás dessa nova máscara. Eles que se fodam, não preciso fingir ser humilde e doce. Os únicos homens que encontro são os empregados dos aristocratas, não os próprios aristocratas.

Uma noite o Duc de Bourbon diz ao seu criado Gay que todas as mulheres bonitas são estúpidas. Gay protesta, me menciona, Sua Alteza Real quer me conhecer? Atraí de algum jeito um parente próximo da rainha Vitória e um conde, mas não confio muito neles. Dessa vez a sorte me favorece. Eu me encontro com o Duc de Bourbon na casa em Piccadilly e me torno sua amante. Devoto quase o resto da minha vida à Sua Alteza Real, que eu não amo, mas uso. Intelectualmente, não sei se posso amar alguém. Quero o que eu quero se me deixar envolver por um homem seu poder social me fará fundir com ele. Eu me perderei, perderei minha ambição. Talvez algumas vezes eu ame o Duc de Bourbon, mas preciso me dizer a todo instante que o estou usando, que sou distinta dele, assim mantenho pelo menos o nosso poder equivalente. Sua Alteza Real, como eu, é ambicioso, e sei como jogar com alguém que é como eu.

Primeiro, preciso garantir que nunca mais venderei caramujos no teatro em Covent Garden, nem trabalharei para nenhuma prostituta gorda e imperiosa em nenhum bordel, nem abrirei as pernas, nem verei mulheres sorrirem e flertarem com homens que eu sei que elas odeiam sempre tento parecer jovem essa é a única maneira de segurar meu amante tenho 23 anos olho minhas fotos de quando tinha vinte assim sei como recompor os músculos faciais para que ainda pareça ter vinte faço strip-tease para manter os músculos sob a pele firmes e macios por que você se destrói dessa maneira sou muito velha para dormir com uma mulher estou ficando mais velha deixarei de ser bonita minha inteligência não pode influenciar Sua Alteza Real a menos que seja apoiada por uma educação estrita; preciso forçar Sua Alteza Real a me respeitar e a precisar da minha opinião sobre seus assuntos pessoais e políticos.

Meu objetivo: escravizar o Duc de Bourbon assim estarei segura, farei parte da corte aristocrática, assim homens e mulheres nobres pedirão minha opinião, especialmente os homens, poderei chutar a bunda deles pelo resto da vida. Ninguém me desprezará nem me fará passar fome novamente. O Duc de Bourbon ri do meu gracioso desejo de estudar; aprendo francês, grego, latim com a expertise de um professor universitário: Ω της θηβας πατϱικη *μγσμ* ηοη preciso aprender a usar minhas derrotas. Nunca mais serei derrotada.

Sobre o Duc de Bourbon: Meu nome é Sophie Dawes. Ele é casado. Uma reviravolta na política da França restitui-lhe suas vastas posses ancestrais e seus poderes políticos. Nessa época, sou a única dentro da realeza que pode influenciá-lo, que pode agradá--lo, que tem sua confiança. Ele retorna a sua casa em Chantilly, seu palácio: tenta me explicar que as recentes desordens no governo francês o obrigam a viver discretamente com a esposa e a me abandonar, sua amante. Ele é um homem alto e esbelto, um homem cuja inteligência sutil e sagaz é prejudicada pela crença na moral restritiva de seus antepassados. Ele morre de medo de ficar sozinho e de ser odiado. Fico com medo de passar fome de novo e de ficar sem ele. Mostro que ele está cego: que nunca mais sentirá o toque das minhas mãos entres suas coxas, que viverá sozinho, sem jamais saber se me abandonar ajudou sua carreira política e os negócios do país. Eu o amo mais do que jamais amei ou amarei. Como posso dizer? (lembrar)? Estou assustada, não sou mais bonita: sou grande e pesada, minhas feições são grosseiras, levemente vermelhas. Posso contar apenas com minha astúcia, como qualquer homem.

O que está acontecendo? Entro no palácio, Chantilly; o Duc de Bourbon subjuga a pobre esposa; governo essa parte da corte aristocrática por catorze anos. Quero que homens e mulheres me amem. Não controlo suficientemente as mulheres que me olham com desdém; elas sentem que já trabalhei num prostíbulo, não sou casada, elas que se fodam, não sou um robô, quero amá-las, quero entrar num aposento, vê-las se reunirem ao meu redor assim poderei chutar a merda delas de volta pros seus cus. Quando você sai da sarjeta, faz tudo que pode para continuar viva, rica e famosa, não esquece nada, tem uma memória fotográfica. Digo ao Duc de Bourbon que quero aliviar a posição de sua esposa em Chantilly. Agora uso a ambiguidade de minha posição em Chantilly para elevar minha posição social na corte. Suborno um velho casamenteiro com 10 mil francos para dizer a Adrien Victor de Feuchères, um jovem nobre da Guarda Real, que sou a filha do Duc de Bourbon e tenho um dote de 10 milhões de francos. Preciso me casar.

Um dia depois me caso com Adrien em Londres; meu amante dá ao meu marido um lugar em sua casa. Conheço o rei e a rainha da França. Entretenho a realeza; tenho 29 anos; não sou bonita; possuo joias, cavalos e carruagens; meu marido adquire duas propriedades para mim pois sua outra propriedade vai ficar para o seu parente mais próximo quando ele morrer. Visito a corte várias vezes. O que essa riqueza significa para mim? Não consigo mais me lembrar de nenhum evento da minha infância. Um de meus irmãos morre na enfermaria de um asilo. Sou capaz de realizar o trabalho que eu quero e ter os homens que respeito discutindo meu trabalho e o deles, entre eles próprios e comigo. Eu me preocupo com os aspectos econômicos tanto quanto me preocupo em foder com homens. Durmo frequentemente com minhas amigas mulheres, deito-me sob cobertas pesadas, meu corpo perto do corpo da minha amiga; coloco os lábios sobre seus lábios, o braço esquerdo sob sua cabeça graciosa, seus cabelos negros cacheados, meu braço direito contorna seu ombro esquerdo minha mão toca suas costas. Seus milhares de braços longos puxam meu corpo para junto do seu corpo assim minha cabeça repousa abaixo de sua cabeça no vazio entre o pescoço e o peito. Meus olhos estão fechados. Nós ainda ficamos deitadas assim por um longo tempo nós duas descansamos sonolentas. Não tenho paciência para ser monogâmica. Outras mulheres dormem em torno da nossa cama nos assistem. Meu sexo funciona como uma máscara ocultando minha necessidade de amigos.

Cometo meu maior erro: paro de tentar obter mais poder, mais respeitabilidade. Meu marido percebe que sou amante do Duc de Bourbon, não sua filha; o maldito moralista censura o Duc de Bourbon, sabe deus por quê; escreve para o rei; renuncia a seu posto na Guarda Real; e desaparece. O rei me informa que não sou mais tolerada na corte. O Duc de Bourbon tenta me consolar, me dando mais dinheiro. Gasto quase todo o meu dinheiro tentando reaver meu direito de entrada na corte; não consigo encontrar nenhum meio de fazer o que eu quero. Esta é a primeira vez que alguém me rejeita completamente (que eu me lembre). Não posso entender, lido com a situação. Começo a me tornar monomaníaca e aprendo sobre a natureza (não natural) da realidade.

O duque, como a maioria dos homens com mais de setenta anos, se sente atraído por mulheres jovens e charmosas. Não sou nem jovem nem charmosa. Ele poderia me abandonar a qualquer momento, sem me dizer nada até que o desastre ocorresse. Demito quase todos os empregados que são leais ao duque; substituo por meus empregados que checam toda a correspondência dele. O duque talvez possa se vingar de mim por seu encarceramento fazendo em segredo um novo testamento e morrendo. Eu luto. Preciso me tornar o mais rica possível.

Se fizer com que o duque me deixe todo o seu dinheiro, seus parentes começarão uma série de processos judiciais que, no mínimo, bloquearão o dinheiro enquanto eu estiver viva. Peço para o duque fazer do filho mais jovem do Duc d'Orléans, primo do Rei, seu herdeiro. **[1]** O Duc d'Orléans está quase arruinado, me ajudará com prazer a obter o dinheiro se puder ter sua parte. A pobreza destrói escrúpulos estúpidos. **[2]** A família real ajudará a validar o testamento com os parentes do Duc d'Orléans, e então me garantirá o direito de entrada na corte. O duque se recusa a fazer de um Orléans seu herdeiro. Eu o obrigo. Estou agindo mal? O duque planeja secretamente fugir de Chantilly; eu descubro; ele se esconde no canto de um quarto velho, o corpo frágil treme quando me vê. Tenta me subornar para que eu o deixe. 50 mil libras. Eu me vejo destruí-lo, começo a ficar com medo de que ele me possua. Estou frequentemente aterrorizada demais para foder, pra me entregar me abrir. Masturbe-se.

O rei me informa que está muito contente em me receber na sua corte. Luís Filipe torna-se rei da França. Certa noite eu e o duque estamos jantando no Castelo de Saint-Leu, um presente que o duque me deu. (Não gosto ou não me importo com a maioria das pessoas; quando decido que gosto de alguém exagero assusto a pessoa. Sei que estou começando a exagerar, ninguém de quem eu gosto vai gostar de mim, tento esconder meus sentimentos agindo como uma maníaca sexual, com licença, você gostaria de dormir comigo, começo a achar que estou interessada na pessoa apenas sexualmente. Persigo a pessoa, sou vulnerável, ajo da maneira mais dura possível para encobrir minha vulnerabilidade. Não sei como dizer às pessoas que gosto delas que quero ser uma amiga, me sentar perto delas para então cheirar o sal da pele, tentar aprender tanto quanto possível sobre suas memórias, formas de perceber eventos diferentes. Como a maioria das pessoas de quem eu gosto não gosta de mim, tenho medo de mostrar a elas que gosto delas. Sinto que sou esquisita. Não compreendo quais sinais dados por uma pessoa de quem eu gosto indicam que ela gosta de mim, quais sinais indicam que não gosta de mim.) O duque, dois cavalheiros da realeza e eu jogamos uíste[1]; o duque diz calmamente a Gay, seu empregado de confiança, que deseja ser acordado às 8h da manhã, e se retira para o seu quarto. Eu me sinto inquieta. Vejo uma afetuosa amiga, uma empregada, ela me diz que o duque fez um testamento secreto em que me deserda. Onde está o testamento? Ela me mostra. Se eu destruir o testamento, o duque acabará descobrindo, fará um novo testamento. Só posso impedi-lo se o matar. Minha amiga entende. Entramos no quarto do duque discretamente, usamos dois lenços para estrangulá-lo na cama, nós de marinheiro que meu sobrinho me ensinou quando esteve comigo em Chantilly; arrastamos a enorme e pesada cama em que o duque dorme a sessenta centímetros da parede, com os lenços penduramos o corpo magro no ferrolho da grande janela francesa, os pés do duque estão a oitenta centímetros do chão. Ele parece ter cometido suicídio.

Meu nome é Laura Lane. Nasci em Holly Springs, Mississippi, em 1837. Meu nome é Adelaide Blanche de la Tremoille. Eu, K A, me apaixono por D; D me excita.

Com dezesseis anos eu me caso com William Stone que possui uma loja de bebidas em Nova Orleans. Ele gosta de se imaginar vestindo couro preto, botas com tachas espalhafatosas, ele bebe, atira nas paredes ao meu redor, aprendo a manusear armas, tenho de fazer o que faço, ele ameaça, quer matar alguém. Descubro essa fantasia. Ele aponta uma arma para a minha cabeça quando está bêbado para me ver furiosa. Eu amo minha mãe; decidimos ir para São Francisco juntas. Primeira fantasia.

1 Jogo popular no século XVIII, ancestral do *bridge*, disputado com um baralho de 52 cartas divididas entre quatro jogadores em duas parcerias. [N.E.]

Eu me caso com o coronel William D. Fair, um advogado. Advogados dizem a você o que é certo ou errado. O coronel me explica que, se eu não fizer o que ele quer, vai se matar. Droga! Dois anos depois, ele atira na própria cabeça com uma Colt de seis tiros. Eu deveria me sentir culpada? Segunda fantasia.

Minha mãe, eu, minha filha de um ano, Lillias, com trezentos dólares, vamos em busca de prata, em Virginia City, Nevada. Vamos em busca de dinheiro sem um homem. Tenho que fazer o que tenho que fazer. Sozinha, abro o Tahoe House, faço do meu hotel um sucesso. Não quero sentar no meu quarto, contar meu dinheiro para sempre; peguei fogo sexualmente duas vezes. Grande merda. Quero mais que dinheiro e fama. Terceira fantasia.

Conheço Alexander Parker Crittenden e me apaixono perdidamente. Ele tem 46 anos, um gavião; a primeira que vez que fodemos me coloca por cima na cama, é surpreendentemente gentil sobretudo porque é ruim de cama. Não tem a menor ideia de como tocar a pele ao redor do meu clitóris, de como me dar prazer. Quarta fantasia.

Minha mãe acreditava que o casamento, tanto o casamento como a monogamia, provocava nas pessoas envolvidas a perda de suas ambições, perspicácia e senso de humor, especialmente nas pessoas menos poderosas. Os vizinhos dela logo lhe mostraram que não aceitariam nenhuma bastarda esquisita em sua cidade de robôs; meu pai, um próspero lorde inglês, foge comigo para a Inglaterra.

Em 9 de abril de 1895, eu me caso com um homem que vi apenas uma vez antes de meu pai pagar a ele para se casar comigo porque sou uma bastarda.

A história de sete anos: no início dos anos 1860 em Virginia City, Nevada. 30 mil pessoas se atropelam para se tornarem o mais ricas possível. Eu não quero ser rica nem famosa. Você pode matar quem quiser desde que tenha um motivo. Invente um. Cães selvagens uivam por trás dos membros gangrenados dos velhos. Respeitável não tem nenhum significado real. Tenho dezenove anos 1,65 metro de altura grandes olhos escuros cabelos escuros e cacheados entendo de música e arte. Crittenden é um advogado famoso;

eleito para a primeira Assembleia Geral de Nevada; possui uma das firmas de direito corporativo de maior sucesso do estado. Como eu, acredita ser politicamente poderoso, socialmente respeitável e rico. Somos ambos obstinados; fazemos o que precisamos fazer; não acreditamos em passar por cima de outras pessoas, da sociedade, a menos que seja preciso. Somos ambos sulistas leais respeitamos as formas de luxo e a tradição. Quando algum ianque maldito corre com sua bandeira nojenta da União até o mastro que fica do lado de fora do Tahoe House, puxo meu revólver, mando o ianque cair fora; não; atiro no filho da puta.

Os desgraçados tentam me prender por tentativa de assassinato. Eu pareço fazer parte da sociedade, mas é isso que eles são: desgraçados. Crittenden, meu amante, tem o mesmo respeito que eu tenho pela sociedade. Eu uso minha aparência espalhafatosa. Ele usa seu prestígio e dinheiro: escolhe um júri de doze separatistas, clama alto por Shakespeare e Jeff Davis; sua língua abençoada me tira do apuro sem muita dificuldade. Descubro a natureza da realidade e amo Crittenden cada vez mais. Nesta situação, matar não significa nada.

Tudo que importa para mim é meu amor por Crittenden penso nele toda hora imagino que o vejo novamente ele me diz que me odeia eu ando em círculos no banheiro vejo seus olhos azuis perto dos meus coloco as mãos nos seus ombros ele aperta o meu corpo contra o dele suas peles encerram cavalos selvagens na minha pele.

Quais são as origens desse amor insano? De que forma meu desejo de ter alguém que eu amo comigo está conectado a um desejo de matar? (Quando criança, meus pais têm uma casa de veraneio no Atlântico, toda tarde entre 17h e 20h caminho pela areia na beira do oceano verde, subo até os píeres, vejo as ondas quebrarem quando se voltam umas sob as outras, não vai/volta, mas vai/volta sob/mesmo/tempo/tão/sobre/vai/volta.) Decido que farei qualquer coisa por Crittenden. Alguns dias após minha absolvição descubro que ele é casado e tem sete filhos. Crittenden me convence a jantar com ele e a esposa no Occidental Hotel em São Francisco. Eu me rebaixo à escravidão, deixo que um homem bote os dedos no meu cérebro e modifique meu cérebro como quer. Crittenden me segue de volta até Virginia City; minha mãe o expulsa do Tahoe House, se recusa a deixá-lo me ver; compro uma casa na parte rica da cidade e me mudo para lá com Crittenden. Ele convida a esposa para ficar na minha casa. Por que o deixo me escravizar? Sou preguiçosa. Não estou mais interessada nisso. Me lembro do meu segundo marido; meto uma bala na cabeça.

Pare. Eu caio de cilada em cilada em cilada. Crittenden continua prometendo se divorciar da esposa. Eu o sigo até Francisco; tenho mais dinheiro do que preciso. Tenho mais do que eu quero.

Quase morro no parto de um natimorto; digo a meu marido que não vou ter uma criança de novo. Eu não queria me casar com ele; não o quero por perto, mandando em mim. Fodam-se todos eles.

Se alguém me aborrece, eu atiro nela/nele. Atirei naquele soldado da União no telhado, e Crittenden me tirou do apuro. Crittenden me conta agora que a sra. Crittenden voltou para o Leste; ele não permitirá que volte para a Califórnia. Sou sua escrava e acredito nele. Não quero ser uma escrava. Aponto um 38 para Crittenden, fogo, e erro o tiro de propósito. Eu me caso com um sujeito chamado Snyder que é um fraco; em um mês Crittenden me arranja o divórcio assim posso voltar para ele. Ele começa a mobiliar uma casa na rua Ellis para a esposa que está voltando do Leste. (A quer foder com E. A está dormindo comigo ele me coloca para dormir no sótão M está fodendo no quarto ao lado, através do chão ouço A fazer amor com E. Abro a janela do sótão desço pelo telhado, escorrego por um grande mastro, corro de volta para a escola A me diz que decidirá entre mim e E; eu sou melhor. Ele me escolhe. No dia seguinte ele me diz que E está grávida, dê o fora agora.) Crittenden vai se divorciar, ir para o Leste comigo. Por ora estou contente. Não acredito nele, finjo acreditar. Preciso aprender a coexistir com minhas emoções tempestuosas. Estou interessada sobretudo em mim mesma. Compro uma arma nova: uma arma de quatro tiros bem precisa. (À noite depois que L vai dormir ele precisa trabalhar no dia seguinte eu penso em matá-lo imagino que vou com uma faca até a cama em que ele está dormindo e enfio a faca do lado esquerdo do corpo dele embaixo das costelas.) Em 3 de novembro Crittenden hospeda-se na nossa casa, sei que é a última vez; quero ser forte; não ficarei histérica; se não odeio alguém eu fico histérica não posso deixar as primeiras emoções saírem não sou seu robô de foder. Ele poderia me pertencer; preciso matar as outras pessoas às quais ele acha que pertence. Serei um vegetal. (Deixo L me bater me abandonar quebrada sem um lar porque não quero mais foder com ele enquanto ele vive com uma nova mulher sua nova amante assiste à surra fazendo comentários sobre a cena. Permito que L me diga que só sou boa para foder, a única razão pela qual ele está comigo.) Quero ser rica e famosa; não, quero ser capaz de falar com as pessoas sem que elas me humilhem.

Visto uma enorme capa de veludo, um chapéu com um véu espesso, meu coldre e arma; sigo meu amante cuidadosa e silenciosamente num cavalo que aluguei ontem em segredo, passamos por prédios baixos marrons e cinza nos quais ratos pairam sobre as janelas vazias, passamos por mulheres e homens que caminham de braços dados como se pudessem. (Em Nova Iorque, raspei o cabelo, vesti uma batina preta, jeans, botas pesadas, assim pareceria um garoto; se um homem me perguntasse a hora em público, eu o chutaria. Tentei conhecer mais mulheres, não soube como; todo mundo me detesta.) Embarco secretamente no *El Capitán*, o navio de cabotagem infestado de ópio que está levando meu amante até sua suposta esposa. As pessoas se aglomeram ao meu redor; querem me confundir; me pegar; eu me perco. Não gosto de estar no meio de uma multidão de pessoas a não ser que esteja invisível fantasio que estou invisível ou que as pessoas correm para cima de mim como vai você querida quer dormir comigo? As docas das balsas; corro através da multidão para ver Crittenden encontrar a esposa; corpos me bloqueiam; não posso fazer o que eu quero; vejo Crittenden e Clara sentados no convés superior; as mãos de Clara estão cruzadas, vejo um vestido azul com minúsculas flores brancas, luvas, por que luvas; acho que ela está sorrindo, vejo um garoto estúpido num uniforme militar, Crittenden está sorrindo; não posso fugir para dentro das minhas próprias pretensões. Observo cada movimento que eles fazem. Ouço um apito, 17h50 o navio de cabotagem está prestes a retornar a São Francisco. Jamais voltarei a ver Crittenden. (Não sei como lidar com alguém que amo ou que quero ver e que se recusa a me ver, que me detesta. Finalmente, me forço a enxergar que as pessoas que amo (algumas) me detestam. Apesar de me detestarem, não posso com elas; continuo tentando falar com elas, continuo a incomodá-las, a fazer com que me detestem mais, mais envolvida em meus medos/timidez. Elas demonstram que me odeiam; vejo-me encolhida sob as roupas no meu armário; não vejo ninguém; espero o buraco fechar.) Atiro em Crittenden; ele murmura alguma coisa; solto a arma, aguardo a polícia me capturar. Estou histérica começo a gritar cada vez mais alto.

Todos os eventos acima foram tirados de mim, de *Enter Murderers!*, de E. H. Bierstadt, de *Murder for Profit*, de W. Bolitho, de *Blood in the Parlor*, de D. Dunbar, e de *Rogues and Adventuresses*, de C. Kingston.

Uma comparação ponto a ponto entre a minha vida e a vida de Moll Cutpurse, a rainha regente do desgoverno, a garota arruaceira, a tirana benevolente dos ladrões e assassinos da cidade, a dama urso.
JUNHO, 1973

Eu nasço louca em Barbican, quatro anos após a derrota da terrível Armada. Decido imediatamente fazer o que eu quero: me aventurar como um salteador em vez de fofocar com um bando de mulheres mentirosas, brigar com um porrete, destruir cada porra de agulha que ficam tentando me dar. Sou a dama urso, os olhos cobertos de couro, a briguenta rainha durona a joia da escória. Se fosse homem, desceria com os homens do coronel Downe para a estrada; navegaria para as colônias espanholas com veludo preto sobre o olho esquerdo veludo preto sobre a virilha. Rinha de animais, no Bear Garden,[2] é e será meu esporte favorito. Aprendo a brigar, briga de porrete, a tomar conta de mim de todas as maneiras. Meu pai é um alfaiate estúpido.

Meu pai me odeia, diz que preciso ser uma mulher e arrumar um trabalho num seleiro respeitável. Tudo que ele quer é me estuprar. Eu recuso. O merda dá um jeito de os amigos me sequestrarem, me jogarem na masmorra de um navio com destino à Virginia. Sou uma escrava. Fico sentada durante uma hora entre os ratos, no chão frio; vejo uma luz escapando por uma fresta na porta, contraio os músculos, os grilhões se afrouxaram; olho rapidamente ao redor, escapo. Corro direto de volta ao Bear Garden.

(Não me lembro de nada sobre a minha primeira infância. Um médico charlatão diz a minha mãe que ela tem de engravidar para ficar bem ela engravida dois dias depois de me parir ela tem apendicite. Odeio todo mundo; todo mundo me odeia. Não sei como falar com outras pessoas e fazer amigos. Sou mais selvagem e estranha que qualquer um que conheço; meu pai vegetal quer que eu seja um menino e eu não quero ser nada. Minha mãe se recusa a me dizer quem é meu pai.

(Conheço um cineasta morto de fome a primeira pessoa que eu sinto que parece comigo decido que serei escritora. Não quero ser como meus amigos ricos, eu estaria morta. Meus pais querem me casar com um cara rico e se livram de mim quando me caso com

2 Na Inglaterra, entre os séculos XVI e XVII, espécie de arena onde eram realizadas pelejas de ursos e outros animais para entreter o público. [N.T.]

um típico porcalhão. Também tenho ódio deles. Quero ser uma motoqueira sexy e durona capuz de couro prateado numa BMW não engulo merda de ninguém.)

Conheço os batedores de carteira e os assaltantes da cidade. A idade de ouro da ladroagem. Eles inventam bolsos. O impacto dos encontrões nos babacas causa um distúrbio. O ladrão extrai o dinheiro com seus dedos longos e ágeis, passa o roubo para o cúmplice que corre para longe antes que alguém grite de terror.

Infelizmente ou felizmente, sou uma pobre ladra. Minhas mãos foram formadas para o porrete e para a espada, não para operações hábeis e delicadas. Arriscarei minha vida livremente como qualquer escravo, mas isso não é nada bom. Sonho que estou num quarto escuro, a masmorra, ratos correm sobre a minha boceta, mordiscam meu corpo; eu grito e grito e grito.

(Tenho pesadelos todas as noites. Pelo menos uma vez por semana perambulo numa biblioteca derrubo todos os livros das prateleiras estou entre objetos inconstantes que desaparecem apago por duas semanas em seguida percebo que apaguei. Sou uma rainha porque fodo muito não deixo ninguém me alcançar. Fumo muitos baseados para conseguir pegar no sono. Às vezes entro em êxtase danço por enormes colinas íngremes não consigo parar de gargalhar.

(Abandono meus pais, depois meu marido, minha carreira. Não sou muito boa em ganhar dinheiro. Tenho dois problemas principais: **(1)** como ganhar de duzentos a trezentos dólares por mês para comer, pagar aluguel, sem me tornar um robô e sem precisar tirar a roupa **(2)** fazer o que eu quero que é real, próximo da realidade. Fim da minha vida.)

Acredito em nobreza, defender meus amigos, arriscar a vida, quando necessário: o último vestígio da minha feminilidade, uma espécie de instinto materno, me ajuda a resolver disputas da gangue. Comporto-me de maneira cordial e com austeridade: não é uma fachada, sou eu. Estou tentando descobrir o que é a realidade. Começo a planejar os roubos e me torno a receptora, não a batedora de carteira; a gangue não vai me expulsar. Preciso me manter mais segura. Devolvo as joias perdidas aos cidadãos honestos da cidade. Eles me pagam bem e eu pago a gangue.

(Penso em foder com K. Estou muito assustada para falar com alguém que não conheço bem D bota para foder comigo não tenho tido amigos próximos há muito tempo. Como resolver esse problema? Eu poderia descer para o meu lugar usual: quero ser sozinha. Seria melhor para mim se eu fodesse com alguém e pudesse falar com ele/ela. Preciso parar de agir como se fosse tímida.)

Controlo minha gangue e os mínimos detalhes do meu ofício. Eu me livro de mim mesma como mulher. A maior gangue de batedores de carteira de Londres. Decido sacrificar a liberdade de ação de cada membro por segurança. Não posso conduzir a gangue de outro modo, e sou, acima de tudo, um bom homem de negócios. Se um membro da minha gangue se comporta mal, eu o mando para a forca. Sou rei. Recompenso meus membros fiéis: nunca deixo de salvar um amigo da enorme sombra negra da corda do carrasco. Eu mesma nunca cometo assassinato.

Estas são minhas ações: mando um regimento de carregadores ficar à espreita nas portas dos comerciantes de tecidos. Na primeira oportunidade, eles afanam seus cadernos e livros de contabilidade. Durante algum tempo, os comerciantes pagam somas pesadas para obter seus livros de volta, eu desaprovo a violência; só me interesso por dinheiro. Visto um gibão e uma anágua, não estou interessada em ostentação; mais tarde, por conforto, visto um impermeável holandês. Se alguém se mete em meu caminho, puxo minha espada afiada. Ninguém me segura. Frequento apenas os antros dos homens e sou celibatária. Estou constantemente bêbada, gritando rugindo obscenidades. Ninguém pode desencorajar minha loucura infinita que ecoa pelas ruas cinzentas e molhadas da cidade risonha.

(Trabalho duro ainda não posso dormir com quem eu quero **(1)** sou rejeitada **(2)** sou muito tímida para falar com alguém se trabalhar mais duro e ficar famosa então todo mundo dormirá comigo não precisarei ser tão tímida estou cansada quero ser a Virgem

Maria com uma barra de aço enfiada na boceta ensanguentada dentro de mim há paus vermelhos como os dos cães, os animais mijam à meia-noite com as bundas nas motocicletas de diamante começo a urrar)

Estes são meus amigos:

O capitão Hind, inimigo constante dos regicidas, finge que fez o que eu fiz. A notória Moll Sack, que esvaziou o bolso de Cromwell, o vegetal, no centro de compras. Crowder, que se veste de bispo e rouba o dinheiro dos verdadeiros penitentes quando confessam a ele seus pecados. Somos leais aos mortos. Ralph Briscoe, funcionário da prisão de Newgate, e Gregory, o Carrasco, são meus amigos mais confiáveis: já cortaram o pau fora por mim. Eles lotam júris, suspendem as sentenças de meus homens, bastando um simples sinal de meus dedos.

Eu faço sexo com animais. Dou uma cama a cada um de meus cães; no frio, os cubro com lençóis e cobertores; dou a eles parte da comida deliciosa da gangue. Papagaios voam por meus cabelos pretos, gritam comigo até eu coçar seus pescoços vermelhos e amarelos. Imagino que estou voando pela noite, rodopiando gritando urrando, eu sou o vento; ninguém pode me parar ou fazer qualquer coisa senão me amar. (As pessoas deveriam fazer o que querem fazer. P e eu decidimos que somos melhores amigos P me ajudará nas primeiras semanas quando chegarmos a São Francisco já que estou voltando. Não leia livros sobre esquizofrenia. Quero ler livros sobre esquizofrenia, especialmente os livros de Laing e os livros sobre Kingsley Hall. Estou de saco cheio de pornografia e assassinatos, que eram os únicos assuntos pelos quais costumava me interessar. As peles ao redor dos meus olhos começam a coçar: eu deveria começar a lembrar (a familiaridade da dor, do prazer, esconde a dor original) que D etc. não gostam de mim?)

Os merdas tentam me prender três vezes, mas não vão conseguir. **(1)** Um estúpido oficial esbarra em mim de manhã cedo; pensa que eu sou uma dama ou qualquer outro absurdo. Olha para as minhas roupas, para mim; me insulta ao me questionar. Estou de bom humor; digo a ele quem ele é: um impertinente, uma mula de pinto pequeno. Ele me arrasta para a cadeia, e, na manhã seguinte, seu honorável Sr. Prefeito Ha Ha Bunda Suja me libera. Um dos meus garotos manda uma mensagem para o oficial seu tio rico acabou de morrer em Shropshire: ele herdou uma fortuna. É muito para esse babaca.

(O gordo sádico da loja de conveniência 7-11 pegou meus gibis você me mostrou a língua da última vez que esteve aqui não vou vender isso para você isso é contra a lei ele é estúpido demais para conversar esta é a minha loja você vai me bater você faz o tipo é assim que você lida com suas mágoas estúpido-homem-músculo dê o fora da minha loja vou parar de escrever. Não consigo mais escrever.)

[2] Dois dos meus homens falam com um fazendeiro cujos bolsos sabem estar cheios. Chancery Lane. Outro dos meus homens improvisa uma querela na porta da taverna para confundir o fazendeiro. Os dois primeiros homens roubam o relógio do fazendeiro, mas não pegam seu dinheiro. No dia seguinte o fazendeiro vai me ver; prometo a ele que tentarei encontrar seu relógio. Por uma gorda recompensa. O fazendeiro se vira vê seu relógio pendurado na parede do fundo. Descuido meu. O merda me joga em Newgate.

Eu nunca me desespero. Exijo que o policial guarde o relógio. Declaro-me *inocente*; choro e suspiro, oh, meu relógio e o relógio do fazendeiro são dois relógios diferentes. O fazendeiro exige ver meu relógio; o policial procura o relógio no bolso; nenhum relógio: um dos meus funcionários roubou. Esse é o ponto mais perigoso da minha vida.

[3] Banks, o vinicultor de Cheapside, a rainha que ensina seu cavalo a dançar e ferra suas patas com prata, aposta comigo vinte libras que não viajarei de Charing Cross até Shoreditch escarranchada no cavalo: calções, gibão, botas, esporas. Acrescento "um trompete e uma bandeira." E lá vou eu, rindo, os ventos negros rodopiando à minha volta; estou invisível. Quando alcanço Bishopsgate, uma vadia alaranjada grita: "Moll Cutpurse a cavalo!". Uma multidão me cerca; ai de mim! Um dos malditos quer me matar porque não estou vestindo saia; outros riem e eu rio com eles. À esquerda os tiras prendem um endividado cuja filha, soluçante, jaz semimorta na rua; foliões bêbados numa festa de casamento correm sobre a menina. A multidão se afasta de mim; esporeio meu cavalo orgulhoso, ganho Newington através de uma viela escondida e miserável. Espero até que o céu escureça, eu mesma escureço, corro para Shoreditch; volto tranquilamente para casa pego minhas vinte libras. Preciso pensar em como me sustentar.

A corte de Arches me convoca como eu pude aparecer publicamente em trajes masculinos? Sou um cão negro; preciso ficar sob um lençol branco na Paul's Cross durante a cerimônia de domingo. Bebo três garrafas de vinho branco, me pavoneio até a cruz. Amaldiçoo todos que não falam comigo. Sou a Virgem Maria de couro preto. A partir daí, mudo minhas roupas; pelo resto da vida vestirei apenas roupas de homem.

(Eu só falo sobre dinheiro estou me mudando para São Francisco não sei como vou viver em São Francisco vou me tornar modelo uma pornógrafa famosa ha ha se não conseguir dinheiro morrerei de fome sozinha na rua estou sem dinheiro agora mesmo.)

Todos os eventos acima foram tirados de mim e de *A Book of Scoundrels*, de C. Whibley.

3

Eu me mudo para São Francisco. Começo a copiar meus livros pornográficos favoritos e me torno a personagem principal em cada um deles.
JULHO, 1973

Eu sou duas pessoas, e essas duas pessoas estão fazendo amor uma com a outra.

Em minha escola de meninas, vejo a porta verde de metal subir e descer; não consigo decidir se sou uma mulher parindo um pestinha ou uma menina de cinco anos. Preciso mijar para não mijar nas calças. As meninas mais velhas estão conversando. É tão difícil cagar que acho que vou puxar a merda para fora com os dedos. Você quer me ajudar? Cortarei os pelos da sua boceta. Urr urg urg. Ok. Estou indo te ajudar. Dou descarga na privada. Estou loucamente apaixonada pelas meninas mais velhas e com medo delas.

Ao abrir a porta pesada e marrom do banheiro, Jean vê uma das cabines aberta; um rosto pequeno e branco aparece um longo rabo de cavalo castanho que está sempre se desfazendo uma blusa branca de marinheiro e um colete de marinheiro feito de lã azul-marinho como o seu. Ela olha para sua amante e sorri.

"Jean, depressa, vem aqui." Agarro seu braço longo e fino e arrasto-a para a cabine de metal. Ela deixa maliciosamente a mão roçar contra a minha, eu me movo lentamente em sua direção; ela mostra os dentes coloca as mãos nos meus ombros puxa meu corpo em direção ao seu corpo alto e magro. Olhamos uma para a outra e nossos lábios começam a se tocar. Finas camadas de pele contra finas camadas de pele, fluidos circulando sem interrupção, até não sabermos qual é a pele de quem. Dedos minúsculos circulam pelo meu corpo. Eu não entendo o que estou fazendo. Agarro-me a Jean com cada vez mais força. Quero entrar no seu corpo subir pelo teto de metal explodir a escola para meninas seletas em pedacinhos. Eles vão nos pegar?

(Começo a copiar *Teresa e Isabel*):

Empurro o corpo de Jean contra a porta de metal, envolvo-a com mãos e pernas, meus dentes perfuram seu pescoço. "Isso não é o bastante." Jogo o peso do meu corpo contra o dela, minha forte úlcera estomacal; sussurro alguma coisa para ela. Seu corpo se desloca para longe de mim ela quer escapar. Suas mãos finas e brancas repousam nas minhas, seu corpo alto se curva sobre mim de modo que seus lábios descansam sobre os meus.

(Começo de novo: sou lésbica):

"Me abrace mais forte." Envolvo seu tórax com as mãos, meus joelhos prendem seus joelhos. "Precisamos sumir." "Odeio você. Primeiro quero te esmurrar por ter saído com a Linda ontem. Você não tem direito de estar naquela gangue." Uma menininha entra no banheiro só para nos irritar. "Dê o fora daqui, nojenta. Quem você pensa que é?" "Vou te dar uma facada.'

"Jean, quando podemos nos encontrar de novo secretamente? Preciso ficar com você." "Esta noite, quando escurecer." Dou três beijos no ombro direito dela. "Esse será o elo entre nós até lá." "Jean, estou com medo: não verei você de novo." Meu eu mais forte ri de mim, desvia, contente de atravessar o longo corredor, sozinho, um cavaleiro galante perdido nesta escola estúpida que tenho de frequentar.

Odeio esta escola. Odeio vestir blusa branca e colete azul-marinho, meias três-quartos azul-marinho, fazer reverência, sem lingerie, sou uma aberração, sem maquiagem; homens não são permitidos no prédio da escola exceto no Dia dos Pais, e no caso de funcionários da manutenção. Deixo uma garrafa de uísque escocês no meu armário, assim não fico tão entediada e pensando apenas em Jean. Decido que nunca mais vou arrumar um emprego "emprego" significa lidar com pessoas normais e pretensas aberrações eu me prostituirei se for preciso com sorte posso escapar sendo modelo. Há o mundo dos empregos e o mundo das aberrações. A escola, a diretora quer me expulsar porque uso esmalte preto nas unhas e sou judia. Tomo outro gole de uísque. Quero Jean. Quero Jean.

À noite leio Marquês de Sade, poemas de Artaud e meu livro de álgebra. Sinto-me morta exceto quando estou apaixonada, na maioria das vezes em que estive apaixonada nada aconteceu não eu sonho que nunca mais verei Jean: sigo Jean por toda parte, me prostro em meu cubículo branco, Jean sai com um outro professor me ignora, eu me escondo num canto escuro, estou invisível; vejo Jean envolver outra pessoa nos braços e beijá-la. Ela coloca a cabeça no ombro dele. Não tenho certeza se sou menino ou menina. Eu me recolho numa minúscula bolha, escura. Minha mãe finge que é minha irmã: jogamos bolas de neve uma na outra quantos anos tem sua irmã caçula? Ela me promete presentes e esquece de me dar qualquer coisa, ela se lembra de esquecer que planeja esquecer; me pariu porque não pôde abortar. Isso é o que ela me diz: teve apendicite sua mãe me diz que ela me ama loucamente não posso subir na cama dela porque minha irmã sobe na cama dela toda noite, ela me abraça e diz que me ama, tira meu lar. Mãe estou morrendo há clínicas gratuitas na cidade você vai me ajudar é melhor você encontrar alguém que pague por seu túmulo você vai matar seu pai do coração. Eu penso em Jean. À merda com os professores se nos encontrarem; eles nem mesmo fodem.

Eu odeio os homens porque tenho sido uma semiprostituta; um oceano me encobre não quero homens me tocando se eu precisar me semiprostituir outra vez por dinheiro eu o farei pois ter um emprego normal me lobotomizaria um muro desaba sou um animal solitário me defendendo sou esperta e implacável.

Pela galeria X ouço que D quer fazer uma exposição comigo D sabe quem eu realmente sou? Escrevo de volta logo depois que envio a carta o telefone toca. D. Você sabe quem sou eu? Sim. Não tenho certeza do que isso significa (minha fantasia inconsciente).

Posso me tornar muito pesada. Pornografia é mais divertido e interessante. Tenho uma criança odeio crianças não tenho uma criança Jean diz que vai gritar. Tenho medo de que sejamos expulsas. Jean e eu nos deitamos no cubículo de Jean, meia-noite, Jean me diz que vai construir uma casa para mim, me colocar numa casa entre espessos veludos de seda brocados amarelos e sóis amarelos, ela vai me abandonar: ficarei sozinha na rua onde homens procuram por jovens garotas famintas que possam transformar em prostitutas eu me agarro a Jean minhas mãos envolvem seu braço "eu gritarei" "eu não me importo se você gritar, posso suportar qualquer coisa" ela coloca minha mão sobre os pelos entre as próprias pernas. Estou assustada, não me mexo para não aumentar o meu medo, caio no sono gradualmente tenho medo de que ninguém me respeite. Todo mundo saberá sobre mim.

"Desça um pouco a mão. Pressione. Sente os meus lábios? Insira levemente o dedo entre os meus lábios sob o meu clitóris perto do topo, deslize suavemente o dedo por cima por dentro em círculos suaves." Eu sinto a mão de Jean na minha boceta. "Aumente lentamente a velocidade. Toque a pele com mais firmeza quando ficar mais molhada, pressione o dedo sob o meu clitóris mais rápido junte os dedos, enfie-os dentro de mim dois dedos bem acima da beirada da abertura; eu sinto seus dedos se moverem no meu ventre, pressione contra as paredes musculares toque meu clitóris de novo." Em todas as outras camas cada menina está com sua amante. Uma menina repousa estática; apenas sua mão existe. A outra menina está gozando, você está gozando. "Você tem de fazer isso direito, mais rápido..." Eu estou gozando. Sinto Jean gozando sou capaz de fazer Jean gozar. "Descanse." Ela puxa minha cabeça contra o peito; deixo meus lábios caírem sobre seu mamilo achatado. Sempre estou pensando sobre as tarefas que ainda preciso realizar.

"Acho que a srta. St. Pierre é lésbica" Jean sussurra. Não posso falar com Jean sobre tudo, sobre quem eu gosto e odeio, ela se embrenharia demais em mim se esfregaria contra as veias abertas. Odeio as gêmeas Mueller porque elas são as únicas pessoas tão inteligentes e bonitas quanto eu; a diretora da escola nos encoraja a brigar para que possamos elevar o padrão intelectual da escola. Nós nos chamamos umas às outras pelos sobrenomes; não transamos. "Você gosta de estar na escola?" pergunto a Jean. "Não, eu quero fazer tudo o que tiver vontade foder com todo mundo não quero obedecer a ninguém. Quero explodir minha identidade para fora, para longe, até que eu esteja sempre correndo num oceano escuro sob um céu escuro e eu possa controlar minhas emoções." Não vejo Jean na sala de aula: estou na turma A e ela está na turma B. Eles colocam as crianças ricas na turma A e as pobres na B, querem nos ensinar que ser pobre significa ser estúpido. Nós os odiamos, mas e daí? Sou como Nixon: quando vivia em Nova Iorque era tão paranoica que não conseguia ver que estava agindo de acordo com uma paranoia totalmente desnecessária. Que se exploda a escola.

Esta é uma lista do que é necessário: tenho medo de que Jean esteja adormecendo, tenho medo de precisar abandonar Jean, tenho medo de que alguém esteja vindo; escuto cuidadosamente "Ninguém está vindo, estúpida; você é estúpida." Jean lambe cuidadosamente minha orelha, sopra na minha orelha; confio nela, Jean nunca irá me abandonar, sua mão repousa sobre o meu ventre; eu a amo porque ela é linda, eu a amo porque ela é alta e magra tem cabelos curtos pretos e cacheados, é mais histórica que eu; sua mão entra em mim seus três dedos mágicos, eu a amo, nós fingimos que somos comunistas anunciamos a reunião do próximo clube comunista na nossa escola de meninas esnobes, você é virgem, não, como é a sensação, no começo machuca depois vem uma sensação que eu não consigo descrever; a sensação cresce e eu arranho as costas dele geralmente rasgo a pele, é extraordinário. Eu digo isso a Jean, ela coloca a mão sobre a minha boca; olhamos nos olhos uma da outra (mais programática):

O dedão do meu pé esquerdo está fazendo amor com o dedo do meu pé direito. Os dedos se tornam duas pessoas. Na minha cabeça estou falando com alguém sobre mim mesma as duas vozes tornam-se vozes exteriores à minha cabeça eu quase ouço, não muito, nos hospícios sinto que estou mais perto das pessoas me vejo agindo com ar de superioridade vou conseguir um emprego esvaziando latrinas num hospício porque sei inconscientemente que sou louca. É assim que estou me ajudando sorrateiramente: pergunto a L sobre o trabalho de B digo que acho o trabalho de B importante pois ainda estou secreta e loucamente apaixonada por B; intenções sexuais secretas determinam minhas ações. A água escura e o céu escuro tornam-se ameaçadores, eu os vejo ameaçadores porque estou bastante acostumada com eles; estou projetando. Um semicírculo de pessoas encontra-se em torno do cubículo de Jean, olhando fixamente nossas formas através das cortinas finas e brancas. Todas sabem sobre mim. Eu amo você.

Foda-se esta merda vou ser o mais direto possível com você. A primeira vez que fodo uma menina, desculpa, uma mulher, eu estou assustado para caralho quer dizer estou realmente assustado não tenho certeza se minha rola me pertence, mas preciso fazer isso de todo modo eu quero. Crio ao redor do meu corpo uma parede de tijolos de concreto branco que imita exatamente os contornos do meu corpo, sou o mais durão possível, e tenho uma rola! Eu a acaricio algumas vezes imagino que é bonita e grande, não tão grande assim, mas quando nós, os caras, medimos no acampamento eu fiquei em segundo lugar. Tenho um corpo admirável músculos admiráveis e fortes. Consigo sentir o inchaço, bem ali. Um pau parece... parece ser eu, posso sentir que ele se projeta para fora do meu corpo, meio que para baixo, eu realmente não sinto nada embora saiba que ele está ali, sinto orgulho: um pedaço de carne. Quando preciso mijar ou quando fico com tesão, posso sentir mais, posso sentir a pele ou o músculo se contrair, ficar duro, criar um mundo diferente. Especialmente na cabeça da minha pica, o sangue circula para e a partir dela, depressa, eu quero tocar a cabeça de leve, constantemente; posso sentir o lugar arder; o ardor causa vibrações fortes e progressivas nos músculos contíguos ao local e em seguida na próxima série de músculos. A primeira vez que a mulher passa a mão nos pelos abaixo de meu ventre perto da minha pica eu não consigo sentir seu toque, ela coloca as mãos na minha cintura gesticula para eu deitar em cima dela, estou muito assustado preciso parecer seguro de mim mesmo ao controlar os eventos; controlo os eventos, boto minha mão na pica toco a extremidade dos lábios dela sinto de repente alguma coisa molhada sinto paredes molhadas envolverem minha pica me sinto maravilhoso posso sentir minhas bolas inchando ainda não experimento nenhuma sensação forte. Quando eu gozo o ardor na cabeça da minha pica aumenta com o fluxo espiralado do sangue que aumenta a contração, prestes a se romper, eu sou um vulcão. Quando visto calças justas, observo meu pau subir e descer parece um bichinho apenas eu sei que sou eu; estou prostrado em frente ao banheiro, agora minhas costas estão extremamente eretas, olho para a parede e seguro o pau com a mão direita, sinto fracas vibrações na ponta esquerda enquanto o líquido dispara por ele. Aliso o pau para cima e para baixo especialmente sobre e sob a glande onde há uma delgada linha branca no meio da pele rosa, minha uretra é quase tão grande quanto três pontas de agulhas, quando esfrego rapidamente o pau nessas áreas com um pouco de creme na mão direita o ardor se estende da ponta até a parte inferior da cabeça e, em seguida, para fora. Levo a tensão até o clímax, recuo, até o clímax recuar etc. até que eu sinta como se o esperma estivesse em ebulição e subindo não importa o que eu faça, até que o leve toque do meu dedo no pau seja suficiente para me fazer gozar. Geralmente bato uma punheta sozinho na privada ou na cama tarde da noite.

Uma mulher com cabelo loiro quase laranja e enormes olhos castanho-claros, um cruzamento entre um Spitz e o cão Cluckle Clark, olha para mim, seu rosto está na minha diagonal, vejo seus olhos grandes e vejo seu sorriso; ela pega minha mão com a mão esquerda coloca minha mão entre suas pernas para que eu sinta os pelos e os lábios molhados da sua boceta. Pressiono a mão contra sua boceta tento colocar a palma da mão sobre seu osso para que possa excitá-la, sinto sua excitação, ela começa a sussurrar para mim. "Quero que você faça o que está fazendo; quero que você me provoque ha ha." Ela coloca a língua para fora da boca. Eu coloco o dedo médio da mão direita para a frente, gentilmente deslizo o dedo para dentro dos seus grandes lábios, mal tocando seus pequenos lábios vermelhos. Ela se deita sobre mim as nádegas sobre as minhas pernas cruzadas até que eu possa tocá-la o mais livremente possível. Sua mão direita aperta meu pau eu quero que ela o (me) ame.

A Tarântula Negra se muda para São Francisco. As janelas são dois olhos enormes me encarando, qualquer pessoa pode ser tragada por esses olhos compostos de insetos, me sento encostada nas paredes brancas do quarto fechado e balbucio. As paredes são todas brancas. As paredes de um asilo. As paredes de um hospital. As paredes vão se fechar ao meu redor, estão se fechando ao meu redor: me esmagam. Começo a gritar. As paredes são as pernas de uma aranha enorme. Entro no quarto, uma mulher se vira para mim, eu gostaria de estar em sua aula de poesia sou nova aqui ela me ajudará. Eu a mando para o inferno. P corre em minha direção, me abraça, me ama, arranja tudo. Eu sou famosa. (Vejo A que está com uma namorada baixinha e loira, ele se parece exatamente comigo e tem o nome oposto, então temos de nos tornar bons amigos não me importo com quem ele fode não me importo com sexo e sexo heterossexual sempre fode a amizade, tenho medo de que vá foder esta também; T se apaixona por mim platonicamente, vejo D e durmo com ele tudo acontece perfeitamente. Alguém até me oferece um emprego.

(Tenho medo de sair sozinha, tenho medo de que todos me odeiem, todos me observam ninguém me conhece.)

Digo a Jean que quero as minhas coisas de volta. "Quero as minhas coisas de volta." "Estou completamente de acordo com você." Preciso ignorar todo mundo, viro a cara para o lado, não posso olhar para ela. "Vou colocá-los no seu corpo, cada peça de roupa, cada pluma, cada lenço." Jean não é eu, agora percebo que não é eu e quero tocá-la. Não. "Coloque essa pluma em meu cabelo." "Está muito apertado?" As pessoas nos observam discretamente, as pessoas do lado de fora da janela.

"Como você sabe?" "Preciso fazer tudo por você, você é estúpida." "Estou muito assustada para escrever, estou muito assustada para andar na rua, não conheço ninguém nesta cidade, estou muito assustada para ligar para alguém que conheço." "Eu me mudei frequentemente de cidade em cidade no ano passado, não posso mais lidar com ninguém, eu minto que não me importo, eles que acreditem no que quiserem acreditar, mas quando eu descobrir suas fantasias sobre mim me esforçarei para fazê-los gostar de mim." "Se eu ligar para P ele será frio, está claro que eu o estou incomodando Oh nós precisamos jantar juntos hum algum dia. Sou paranoica e não sei a verdade. Se eu ligar para P ele talvez fique feliz em me ver de novo. Precisarei fingir que o admiro é um tédio do caralho." "Se eu ligar para qualquer um ou ficarei entediada para caralho ou eles não gostarão de mim." "Você está perdendo o juízo." "O que você disse Jean?" "Eu não tenho um pingo de juízo." Uma das pessoas se aproxima. "Você está fazendo muito barulho. Estúpida." "Preciso mijar."

Jean e eu rimos, pressiono minha cabeça na sua barriga. "Você não tem permissão para fazer isso." "Posso fazer o que eu quiser." "Você é nojenta você é estúpida você está fazendo muito barulho. Eles vão vir aqui, vão nos chutar para fora do mundo." "Eu os odeio do fundo do coração." Jean abre a janela do cubículo. "Você jogou a lixa de unha fora?" Estou pensando no latim. Vou me tornar uma estudiosa de latim porque amo minha professora meus pais me atormentavam quando eu era criança tentavam fazer com que eu me matasse já que me odiava tanto. Tenho ódio deles. Mostro a Jean as cicatrizes da navalha no pulso. Estou te ofendendo? Jean e eu paramos numa praça ensolarada os muros baixos e brancos ao nosso redor; um camelo abaixa a cabeça, nós rimos, começamos a descer uma ladeira correndo até a próxima parada. Nós rimos e rimos. "Jean, alguém te viu vindo me encontrar?" Toco minha boceta com a mão. "Quem sabe que você está comigo?" Jean roça meus ombros com meus espessos cabelos castanhos, cobre seus olhos com meus cabelos, "eles estão vindo", ela entra em mim, desaparece em mim, "não tem ninguém aqui", eu ouço passos, estou assustada. Jean me abandona.

Uma professora bota o nariz feio no meu cubículo. "Quem estava com você? Você é lésbica?" "Vá para o inferno, aberração." "Jean estava aqui, ela estava me ajudando porque eu sou louca os outros professores sabem disso: qual é o seu problema? Eu te odeio." A e T, ambos vêm foder comigo, nós nos divertimos, discutimos sexismo e nos livramos desse problema. Falo com P no telefone: ele não parece chateado. "Você está me surpreendendo. Mas agora anda logo, vá para a aula. Você não quer ter mais deméritos." Estou sozinha de novo.

Não tenho uma imagem de mim mesma estou me mudando depressa demais para uma cidade estranha. Sou uma jovem lésbica num internato francês que está crescendo depressa demais para ter uma infância. Leio Sartre Sade Laing Esterson e Leduc. Estou assustada não tenho meu próprio espaço. Tenho uma leve infecção urinária por isso mijo demais. Você não quer ter mais deméritos. Estou sozinha de novo.

Decido que preciso me esconder do meu público, descansar; acho que vou apagar por duas semanas. Breu. A parte de baixo da minha perna é fina, rosa, gravetos apontados para cima. Eu viverei sozinha, tranquilamente, Peter dirá a meus amigos que desapareci: esperem por novos comunicados. Envolvo cada vez mais meu corpo encolhido em meu vestido e capa de lamê de ouro prateado. *Sou Lamê Ouro Prateado.*

Linda chega com piolhos nos cabelos. Ela vive na neve durante o inverno. A professora lhe diz para se livrar dos piolhos. Eu prendo a sua mão, eu a prendo, assim posso me tornar ela.

"Está frio lá fora? No campo" explico. "Meus dedos dos pés congelaram."

"Seu pai está se preparando para a primavera?" Nós não acreditamos em nenhum desses absurdos. Passamos todo o tempo fofocando sobre nossas amigas, nossas colegas estudantes e nossos professores: quem está saindo com quem, quem foi abandonada por quem, quem é a mais popular, quem é a mais durona, quem é mais esperta. Secretamente, sei que os pais muito ricos forçam as filhas a serem melhores amigas das filhas dos pais mais ricos. Tenho vontade de vomitar. Sinto que sou excluída, assim como Linda; nós fazemos amizade com as crianças de pais mais pobres. "Você sabia que tem um homem na escola?" "Para quê?" "É um professor de religião, estão todas apaixonadas por ele." Nos separamos.

À distância vejo Jean olhando as fotografias de uma menina mais nova. "Renée está me mostrando algumas fotos. O que você acha desta?" Jean me diz no pátio da escola, enquanto esperamos para ir tomar o café da manhã.

"É uma paisagem. É boa."

Eu desmaio. Finjo desmaiar. Finjo que estou morta, tenho muito medo de morrer de fome, de ficar sozinha nas ruas, acho que vou morrer minha consciência partirá; não serei nada nunca mais (consciente) eu luto, luto o tempo todo. Eu me vejo: sou um leopardo. Eu me levanto. Uma professora me manda ir para a cama. Jean diz que me acompanhará.

Quando retorno à sala de estudos, encontro um envelope em meu armário, penso em Isabel, não em Jean, eu não deveria pensar em Jean, eu priorizo Isabel. É isso.

"É verdade", diz Isabel, "estou te perturbando." Ela abre os olhos, eu a observo abrindo os olhos, nós duas começamos a gemer.

"Tem alguém vindo. Limpe a saliva."

Eu não quero me esconder. Quero me esconder.

Eu afronto o medo. Meu medo. Até aqui eu me esquivo, aqui eu começo a me fundir, espanco o velho medo. Eu sou Jean. Estou tentando fazer da fantasia de outra pessoa, fantasia provocada pelos medos, minha realidade, para que eu possa lidar com meu medo. Eu posso fazer isso, mas não quero. Eu posso fazer isso?

*

"O professor está aqui, você precisa sair." Jean olha para mim.

O som de água correndo nos aterroriza.

Deixar Jean como uma criminosa, deixá-la como uma ladra, aumenta meu medo. As barras se fecham ao meu redor.

Eu me sento na cama de Jean, olho para sua cara de cavalo.

"Não quero que você vá. Vá. É perigoso." É assim que eu sou. É assim que serei. Começo a fazer amor com Jean.

Em São Francisco Jean e eu fingimos que estamos disfarçadas; eu uso batom vermelho, meu casaco violeta com borboletas diamante, sapatos enormes, espelhos por toda a volta; ela está toda de preto porque é uma ladra, ela é ele, nós perambulamos nesta sala com tevês espelhos, eu me escondo atrás de Jean digo olá a alguém que quero evitar, depois desvio ele não me reconhece outras pessoas me reconhecem. Preciso dizer olá para o cara que quero evitar, começamos a nos beijar.

Amo criminosos e ladrões solitários.

Todos os eventos foram tirados de *Teresa e Isabel*, de V. Leduc, de meu passado e de minhas fantasias.

4

Sempre tive muito medo de que alguém destruísse minha mente.
Eu me torno Helen Seferis e, em seguida, Alexander Trocchi.
JULHO, 1973

Eu estou deitada no escuro, numa tenda, minhas coxas envoltas em peles grossas de ovelha. A escuridão descansa ao meu redor, os ladrões assassinos que me pegaram estão por perto, posso senti-los eu os odeio do fundo do coração; eles vão precisar de comida quando chegarmos à cidade, vou me vingar. Neste momento estou impotente.

Meu amante Y me vendeu para eles o homem que permiti que me tocasse: eu vou matá-lo. Por que ainda trepo?

Tudo o que me resta é a escrita. Esta é a única estabilidade que conheço que já conheci. Y queria me matar porque tinha medo de que eu pudesse matá-lo. Agora eu quero matá-lo. Ele nem é tão poderoso, ele pode me vender, terei minha vingança. Uma parte de mim, a chata, odeia homens, despreza-os, eu geralmente consigo ver essa chata e esquecê-la; agora ela explodiu. Eu gosto de foder.

Não entendo por que penso tanto em sexo. Tenho um medo mortal de ligar para alguém, de pedir para ele/ela me foder, de sair na rua, de deixar um estranho me tocar (fantasia): geralmente meu desejo supera meus medos. Faço o que fantasio fazer. Agora mesmo, não estou em lugar nenhum. Estou tocando minha coxa minha mão é a mão de um outro, alguns centímetros perto do interior da coxa, a sinuosidade da pele se curva perto dos pelos da minha boceta. Eu me toco sozinha novamente sei quem sou; experimento a força a pulsação dos músculos das minhas costas entre os braços uma jovem atleta virulenta. Eu me sinto sozinha e forte.

O começo:

Desço sozinha o rochedo da enseada. Os recifes de coral que se espalham pelo mar parecem espelhos da minha boceta, meu útero interior; em seguida parecem absolutamente estranhos: monstros do mar escuro deslizam sobre as superfícies dos corpos uns dos outros para se comunicar. Imagino que sou uma sereia. À noite miro o mar, o oceano escuro contra o escuro contra o escuro, linhas espessas e brancas aparecem e deslocam-se para dentro da minha imagem. Como meu pai é o chefe estou sempre sozinha e posso fazer tudo que quero. À noite corro para o oceano escuro: uma onda que não posso ver me levanta na escuridão ondas maiores e invisíveis me levantam quebram sobre a minha cabeça, brancas, o oceano se ilumina! As ondas aumentam ainda mais nado sempre sozinha.

Tenho quinze anos; odeio todo mundo. Não odeio todo mundo (isso é estúpido).

Tudo que faço é fantasiar sobre sexo. Alguém sendo legal comigo. Fecho os olhos, começo a viajar: sinto que estou rolando para baixo em seguida para fora com as pernas sobre o travesseiro, minha cabeça cai relutante começo a fantasiar: ando por essa praia como uma sonâmbula entre sonâmbulos mais profundos eu me lembro. (A memória torna tudo romântico.) Abro as pernas, a água parece mais gelada perto dos meus tornozelos quando ela se eleva em torno das minhas pernas o choque desaparece a espuma emerge ao meu redor e molha minha boceta, começo a nadar nua os longos músculos prologando-se até minha bunda descem por trás de minhas longas pernas e relaxam, meu corpo se abre na minha boceta, estou sozinha gargalho falo com o oceano meu caralhão arteiro borbulhante atordoante cacarejante escuro, flutuo para dentro dele e salto sobre ele, quando o deixo estou cintilando vejo sangue sangue flutuando ao meu redor em toda parte. Quero foder anônima e apaixonadamente para que me sinta livre por completo, dois jatos gêmeos de sangue escorrem do interior das minhas pernas, separo os joelhos gentilmente e deixo o sangue secar.

Meu pai quer me foder, teme esse desejo, que é a única parte honesta dele, e teme a mim. Todo mundo tem medo de mim. Eu me pareço com um rato. Meu pai me condicionou até certo ponto: me fez ter medo de todos na aldeia, sobretudo dos homens. Eu me escondo das pessoas; desprezo as pessoas porque elas aceitam a merda em que vivem e que recebem, limites limites nenhuma absorção completa em ninguém/nada posso sentir meu medo. Meu pai tenta me foder e não consegue. Prometo dormir sozinha. Espero pelo dia em que meu pai morra: poderei fazer tudo o que eu quero.

Amanhã receberei correspondência. Olho para o oceano, tiro lentamente a roupa sinto o tecido deixar cada centímetro do corpo, olho para o oceano escuro corro para o oceano espero o choque físico estilhaçar o muro de minhas fantasias me aliviar, nada acontece, estou sempre excitada e intocada, me jogo na areia, sobre as conchas pontiagudas. Vejo um tronco meio podre, grosso, na areia como sei o que estou prestes a fazer minhas pernas parecem se abrir sem se abrir os músculos no centro do meu ventre se estendem como dedos até meu clitóris latejante observo minha boceta se aproximar do tronco estou em cima do tronco sou um homem minhas mãos tremem em seguida meu corpo todo, quando desfaleço sobre o tronco meu peso todo é jogado no meu clitóris contra a madeira quando desmorono o tronco cai sobre mim arranha a pele delicada dos meus peitos, a espessa camada de pele gorda e macia sobre o meu umbigo. As conchas sob as minhas nádegas cortam minhas nádegas, pontas afiadas perfuram as pregas do meu cu e os nervos se contraem bruscamente como flechas acima do meu cu e descem até minha boceta. Aperto o tronco mais forte com as pernas. Eu

Eu aperto a madeira áspera e afiada contra o clitóris alguns centímetros abaixo do clitóris em seguida toco o clitóris aumentando ritmicamente a velocidade.

Procuro o ar escuro atrás do ar escuro fantasio. Se pudesse ver as pessoas de quem gosto poderia escapar da fantasia, fantasiaria muito menos. Estou coberta de sangue e machucada o que me assusta algumas manchas verdes cobrem meu corpo.

(Caminho até o oceano uma última vez. Agora estou presa em São Francisco. Eu me mudei para cá por boas razões: abandono todos os meus amigos. Vou a uma festa, conheço todo mundo, todo mundo me ama. Você quer ir? Para qualquer lugar. Entre a rua Mission e a rua 18 três caras me estupram. Eu ouço risadas. Uma vez que me abro à possibilidade de sexo, posso foder com qualquer um quero sentir minha força. Meu sexo sou eu, é minha força. Tinha alguém me observando? Um homem vindo me estuprar? Sinais elementares de condicionamento.)

"Deixe-me ir... não... não... Eu vou te matar."

Seu medo desperta meu medo e a excitação que eu sinto com o medo. Escalo os rochedos, imediatamente vejo uma das meninas da aldeia que eu conheço, ela estava na minha classe na escola eu a achava estúpida, vejo um homem em cima dela, suas mãos apertam os braços dela. A menina se livra dele, foge. Pela primeira vez não estou mais assustada por ter uma boceta. "Você tem uma boceta?" Ando pela areia até o homem que eu reconheço. Nós dois estamos vestidos.

Posso ver claramente seu corpo negro sob as roupas. "Eu deixaria essa aldeia de novo", ele me diz, "se tivesse dinheiro."

Observo seu olhar encontrar o tecido da minha saia que pressiona meu púbis. "Se você quiser, posso conseguir o dinheiro."

"Você quer dizer juntos?"

"Eu estava vendo você transar com P." Ele coloca a mão na pele espessa da minha coxa, me encosto no vazio; abro os olhos.

(Pornografia pura.) Mal sinto seus dedos sendo introduzidos pelas camadas de meu cheiro dentro do sexo do corpo, a boca gêmea, sensações estranhas como ondas rasgam meu corpo, só sinto alívio quando seus dedos penetram, movem-se livremente dentro de mim, o exterior torna-se meu interior, em seguida não sinto nada. Ele retira lentamente os dedos, lambe-os, então sinto seus lábios se esfregarem contra meus lábios molhados, seu pau duplo rasga rapidamente através dos meus pelos emaranhados para dentro dos longos músculos espiralados da minha boceta uma faca em direção ao meu útero não sinto nada arqueio as costas para que a ponta do pau pressione a parte superior da boceta, a abertura delicada da pele sob os pelos da boceta, estou assustada me mexo para a frente e para trás me abandono rapidamente ao seu ritmo enquanto suas pernas se tensionam, meus músculos tensos os músculos ao redor do meu clitóris se projetam para fora se desintegram perco meu sexo gozando.

Ele abre minha blusa sua cabeça cai com boca sobre o meu mamilo esquerdo. Duro. Uma linha tênue de desejo, os nervos elétricos, vai do meu mamilo diretamente para o meu clitóris sensível minha mão direita aperta sua cabeça contra meu peito os músculos ao redor do meu clitóris começam a tremer deslizo a mão pelo suor até acariciar seus pelos grossos, ele desliza simultaneamente sua mão por baixo das minhas nádegas, seus dedos do meio na abertura mais delicada entre minhas nádegas. Estou fazendo o que sempre sonhei fazer. Nunca mais. Sento-me sozinha em casa não falo com ninguém. Eu me masturbo. Sonho com cu. A boceta contra a base do pau, rapidamente, nossos sumos se misturam, os sumos de meu corpo faminto de dezoito anos. Gatos urram uns com os outros e gritam. Retenho o líquido estranho em mim. Não tenho sentimentos definitivos.

Fazemos nossos planos: "Primeiro iremos a Charleston, e de lá para o sul".

"Quando?"

"Vou roubar o dinheiro do meu pai hoje à noite." Eu me lembro de que preciso de alguém para me proteger. "Quando chegarmos lá, nós nos casamos."

Não tenho nenhuma intenção de me casar: ficarei com esse cara enquanto ele puder me ajudar, depois encontrarei outro. Tudo o que importa é minha própria sexualidade.

[18/07]

Eu me convenço de que não posso ligar para A porque isso arruinaria qualquer chance de amizade entre nós por uma trepada rápida eu ligo para ele a decadência vence ok eu ligarei de volta eu me convenço.

Agora que toco minha boceta posso trabalhar. Escondo os meus escritos o meu eu tenho medo de alguém me roubar um homem entra um vulto. Eu me deito na tenda de peles de ovelhas penduradas. Quando vejo seus olhos caírem sobre mim seu dedo aponta para os músculos embaixo e além meu ventre começa a tremer vejo o meu eu entrando na minha boceta: tiro a túnica tosca que colocaram em mim afundo os calcanhares nos cobertores minhas pernas parecem pesadas e grossas abro as pernas primeiro os músculos centrais da minha virilha os joelhos flexionados como os de uma dançarina os tornozelos torcidos levanto lentamente o altar do meu corpo os grandes lábios espessos se abrem meu corpo inteiro abrindo para o ar escuro pesado e perigoso em seguida para o homem. Ele empurra a boca barbuda na minha boceta.

Outra vez sinto a completa alegria de me dar, me dar por inteira, já que não conheço este homem, para uma outra pessoa e tê-la da mesma forma, tanto para o nosso prazer como para a nossa dor, se entregando para mim. Uma pessoa que nunca mais verei de novo, que não reconhecerei, assim nenhum laço pode interferir no nosso deleite. Enquanto gozo de novo e de novo, seus lábios trabalham com suavidade no meu clitóris, me alegro de novo por não ter amizades íntimas, sonho, fantasio, acordo brevemente para encontrar alguém e gozar, para adorar meu próprio gozo. Estou quase dormindo. Quero me tornar eu mesma/derrubar tudo antes que eles tentem destruir uma anomalia como eu. Odeio a sociedade robótica que conheço.

Cheguei com A em Charleston na manhã do meu 19º aniversário. Dei a ele um quarto do meu dinheiro, fingi que não tinha mais nada. Não quero depender de nenhum homem. A toca de leve minha boceta por baixo da mesa, passa a mão rapidamente nos pelos ondulados da perna sob o meu vestido de veludo até que as pontas dos dedos arranhem a entrada da abertura do meu sexo. Quero gozar mas estou muito ansiosa, muito assustada. "Temos de ir a Charleston." "Quero me casar com você", diz A, "me estabelecer assumir a lucrativa pescaria do seu pai."

A é uma pessoa de morte apesar do seu corpo, do seu pau. Não demonstro meus sentimentos. Agora que escapei dos meus pais, preciso ficar livre de todos, daqueles que querem me apanhar; preciso conseguir tudo em qualquer lugar por minha conta. Vejo policiais nas ruas nos esperando com armas.

"A, preciso de um pouco do meu dinheiro. Preciso comprar roupas."

Pego meu dinheiro, quarenta libras, saio. Saio. O banheiro, do lado de fora, está cercado de policiais. Sou muito esperta e inteligente.

Olho para um homem que, percebo, está atraído por mim. Quero trepar com ele. Eu o observo me observando até não poder suportar a agonia as vibrações das enormes rodas de metal sob a carne viscosa ao redor do meu clitóris, dos meus pelos, um gato uivante, eu me levanto deixo o vagão do trem, alguns minutos depois percebo o estranho parado atrás de mim. Deslizo a mão sob o cinto apertado da minha calça jeans descendo ao longo da pele feita de leite espesso, posso sentir os lábios da minha boceta se separarem, os grandes, os pequenos se deslocando contra o clitóris, os músculos atrás da boca tensionam-se até que meus dedos cheguem neles, no meu clitóris. Espera difícil toco de leve espero com o dedo médio clitocentrado espero "trens são sempre chatos" quase no limite eu me perco me toco de novo "você está gozando?" "eu estou gozando?" as peles dobradas umas sobre as outras eu as sinto muito próximas toco-as alivio em seguida num ritmo insistente esfrego o clitóris devagar. Os centros das ondas começam em toda parte.

Eu olho para ele meu desejo é óbvio. Seus lábios tocam os lábios da minha boceta minha erosão meus músculos tensionam-se. Mais adiante começo a despedaçar meus mamilos se abrem sinto seus lábios em seguida sua língua meu sêmen aflui e no clímax, como macho, começo a gemer, repito meu desejo, eu me elevo e desabo. Sinto seus lábios dentro de mim

Caio no sono devagar. Fim da pornografia minimalista.

Não vejo mais nada. O branco suprimindo o branco vislumbres brancos a extremidade do meu ombro. Estou escapando ou me enclausurando mais? Não estou mais interessada em minhas memórias, apenas em minhas sensações continuamente intensificadas.

Depois de deixarmos a loja pornô acompanho A até sua casa me sento na esquina entre a rua Market e a rua 9 cubro o rosto com a capa. Não quero ver ou ouvir mais nada. Inércia antes que o perigo ocorra: eu perco o chão. Faço de novo me sento na esquina entre a rua Market e a rua 9. Posso roubar seu dinheiro? Posso pegar sua jaqueta de couro forrada de pele preta? Se eu te odiar você vai me amar mais? Eles colocam uma tenda preta sobre mim enquanto me sento num dos camelos. Nenhum outro homem pode me ver, porque se me virem eles vão me foder. Posso sentir o cheiro de sexo em toda parte: toco meu pescoço beijo a pele do meu peito direito.

Cheiro a cova marrom dos meus braços. Tenho mais poder que a maioria das pessoas e não uso tenho medo de exercer esse poder e atrair todo mundo. Homens não se sentem atraídos por mim mas se eu quiser posso atraí-los por ser poderosa, caso contrário posso desaparecer. Estou com tanto tesão que dormiria com qualquer um. Homens sombrios reúnem-se ao meu redor, me encaram, não consigo reconhecer com quem dormi estou indecisa digo olá para o drogado ele não responde: boa aparência longos cabelos pretos, feições amarelas e bem definidas, o esperto do B me toca porque quer me foder posso sentir seu pau subindo. Vejo minha boceta à minha frente, os lábios de pera pulsando e as finas dobras internas. Mas nunca consigo ter certeza.

Não quero escapar agora. Minha revolta contra a sociedade da morte colide com meu desejo de ser tocada não tenho identidade posso sentir a mão suave deslizando sobre a minha perna na parte interna da perna contra a areia, abrindo minhas pernas devagar, minhas nádegas contra a areia ardente, a areia entra no meu cu minúsculos diamantes cada toque faz com que todas as pessoas ao me encontrar pensem nas reverberações sexuais da carne colidindo com o retorno das reverberações enquanto elas se expandem em ondas eu me entrego inteira a cada desejo pois não há mais nada para dar a mim mesma nada mais existe preciso esconder minha obra estou assustada? Suas mãos agarram minhas coxas puxando-o para cima de mim. Meu lamê de ouro prateado, primeira visão de São Francisco: nada, deleite, ei pare sim ah, o quê, você está preso, vejo um negro drogado, sou da Narcóticos e vou prender você, começo a atravessar a rua, não se mexa estou armado, ele pega uma pasta de plástico que está carregando, ainda estou viva, suas mãos envolvem minhas bochechas ele se vira inclina a cabeça sobre a minha boca para me beijar a saliva escorre para dentro de mim estou queimando sinto a saliva e a carne mucosa até não conseguir mais distinguir objeto de objeto, minha sensação corre para o meu centro não quero dormir com você minha sensação corre para o meu centro nesse momento eu me rebelo contra o novo amante não há nada além disso e do meu relato começo a gozar imediatamente, vejo uma estrutura ao meu redor: meu espaço. O resto é escuridão, dinheiro-morte-necessidade se aproximando para destruir meu tatear em direção a, sexo-dinheiro pairando sobre mim destroem minha tentativa inicial de sexo humano, esfrego meu corpo contra P. Eu me torno um papagaio. Ok.

Faço apenas uma coisa. Toco o meu eu ou sinto uma mão uma perna me tocarem uma boca entrar em mim posso sentir sua maciez molhada contra minha pele eu não espero nada e de repente começo a tremer minhas mãos tateiam a carne estranha meu deleite começa enfio minhas mãos embaixo dos ombros o corpo sobre mim a carne ardente deslizando na minha carne ardente o estranho objeto desliza para dentro do meu corpo dentro das paredes secretas da minha boceta os pelos molhados machucam meu clitóris até que eu esteja prestes a estourar meu clitóris inchado de sangue até que eu esteja perto do clímax

eu gozo e gozo por horas até que não haja diferença entre gozo e realidade. Preciso ser cuidadosa pois eles podem me visitar a qualquer momento e levar os meus escritos; eu ainda sou eu, ainda tenho medo da minha paixão e de sexo. Relatar implica memórias implica identidade: tenho minha identidade e tenho meu sexo: não sou nova. Preciso ser cuidadosa pois posso ser visitada a qualquer momento.

[20/07/1973]

Eu me tornei um homem e uma mulher:

O chão se desfaz sob o meu corpo sinto as angústias que sentia quando criança porque meus pais me odiavam ou são as angústias que sinto sob efeito de ácido fico ansiosa para descobrir o que está acontecendo esqueço quem eu sou não sei quem eu sou vejo uma enorme e delicada viúva negra sem identidade uma grande tarântula não tenho sentimentos começo a flutuar. Eu sou Helen sei quem eu sou, portanto minha obra não significa nada para mim, minha obra tem menos significado para mim que minha sexualidade. Sou um fracasso. Isto é um fracasso tudo que estou provocando é a minha própria desintegração. O que estou tentando fazer? Minha obra e minha sexualidade se misturam: aqui a sexualidade completa ocorre no interior da escrita, não é expressa por ela. Sinto-me angustiada. Na noite passada ninguém veio. Ouço passos vozes abafadas falando de mim descrevendo meu verdadeiro ser, tijolos jogados no chão, uma grande mulher negra conspirando, ouço dois caras durões no telefone um diz ao outro eu te amo, um gato começa a berrar. Nada pode parar minha escrita finalmente estou sozinha uso minha escrita para me livrar de todos os sentimentos de identidade que não sejam a minha sexualidade. Só preciso existir quando alguém tenta me tocar ou quando me toco. Foda-se. Estou quente e suada. Está quente e úmido, é cedo, o calor do dia se condensou no ar noturno cinza-escuro do anoitecer. A areia infinita ainda está queimando. Homens murmuram e choram ao meu redor, me encaram inquietamente e conversam. Eu como algumas tâmaras, queijo, pão e vinho. Ninguém me toca; estou constantemente com tesão; só penso em sexo. Não gosto de explosões sexuais se misturando com e dificultando meu trabalho. Farei qualquer coisa para foder.

Na noite passada ninguém veio. Tentei me lembrar da última vez que um estranho, ou mais de um, me tocou, molho o dedo deslizo-o no buraco contorcido e apertado na sua bunda a pele estranhamente lisa me acolhe bem um fino cordão de pele faz uma espiral ao redor do meu dedo uma veia lateja e ajuda meu dedo apertado a subir pulsando ao meu redor enquanto comprime o interior da sua barriga. Minha outra mão desliza entre nossas carnes molhadas pela cabeça do seu pau apertando o cordão branco sob o seu pau eu me lembro dos dois homens me encarando, olhos enormes e retangulares os olhos de uma aranha, quando me sento ereta encostada nas paredes brancas da areia não tenho proteção a areia é um hospital e um hospício me vou. Fodam-se as pessoas, quando alguém tem 26 anos ele/ela é louco/louca incapaz de se comunicar com mais de 1% de eficiência os genitais se encontram mas nenhuma informação é transmitida desse modo eu me finjo de romântica preferiria fazer amor com papagaios e gatos gosto deles e os mordo eles me lambem e me mordem. Meus queridos, nós somos todos muito sofisticados, mas é um saco; transo com poucas pessoas. Enquanto um homem bota o pau na minha boca, o outro já arreganha minhas pernas com as mãos os nervos na extremidade da minha boceta tal como mãozinhas acariciam o interior da minha carne. Não posso controlar meu tesão. Nós estamos, acho, nos mudando para uma cidade.

Meu maldito sexo é impessoal. Minha sexualidade é impessoal. Estou perdendo rapidamente minha identidade, a última parte do meu tédio. Acaricio minhas coxas pesadas que se movem para fora do meu centro, como uma aranha, no minarete mergulho em roupas rústicas, os músculos magros se contorcem ao redor de minhas panturrilhas virando os pés para fora como uma dançarina dourada, saltam através do ar quente, os pelos da minha boceta roçam nos cabelos úmidos e ásperos da sua cabeça, posso sentir o líquido pingando pelas gordas protuberâncias internas das pernas perto da minha boceta. Veias saltam dos meus pulsos. Esfrego minha carne contra minha carne, minha pele contra minha pele, minhas peles contra minhas peles, meu torso começa a se erguer sempre estou no começo do desejo mal consigo distinguir quando meus orgasmos começam e param como se eu fosse quase incapaz de gozar e não me importasse, ou estou sempre gozando devagar, esfrego minhas costas na lã áspera como se fosse um gato, arreganho minha pernas pesadas e morenas para que a minha bunda se abra, a carne vermelha contra a lã preta, finjo que é o cabelo de outra pessoa: há espelhos transformando minhas mãos nas mãos de outra pessoa, todas as pessoas ao meu redor me observam. Observo as mãos magras segurando meus braços, movendo-se lentamente braceletes vivos em torno dos meus braços até a carne pesada dos meus peitos doloridos.

O líquido começa a aumentar, e meu orgasmo, não posso mais me enganar (com o futuro), meus orgasmos começam: as coxas arreganhadas até os ovários, dois nervos centrais paralelos separados um palmo um do outro atravessam do umbigo até o clitóris e começam a queimar, minha boceta é meu centro minha boceta é meu centro minha boceta é meu centro, a mão penetra na minha boceta no meu útero como um pau estranho indo e vindo o polegar pressiona de leve o clitóris em seguida pressiona mais forte imagino chicotes açoitando minha bunda exatamente onde as nádegas começam a se abrir imagino línguas lambendo bem rápido a abertura redonda da minha bunda me acendendo até que uma redoma comece a se elevar na minha boceta, uma esfera crescente que quer me dominar eu me toco mais rápido

Tenho de esperar até que as pessoas me queiram fisicamente e eu possa ser. Mas eu não sou mais e fantasio meu êxito, assustada.

[21/07]

Ninguém se aproxima de mim.

[22/07]

Um homem alto vem até mim e olha para o meu corpo nu parado. Gira meu corpo; com o polegar e o dedo anelar abre minha boca enfia a língua na minha boca, pelas minhas gengivas, até dentro da minha garganta. Suas mãos tocam as bordas das curvas externas das minhas nádegas, da espessa camada de gordura que se desenvolve na minha bunda e ao redor da minha barriga. Depois de me acariciar, de modo que eu me sinta como um gato, sua mão vai até os pelos da minha boceta, desce até os lábios da minha boceta, suavemente; seus olhos observam com cuidado cada expressão do meu rosto. Entendo que eles estão tentando me vender. Como me sinto?

O homem me conduz até uma tenda, gesticula para que eu me deite. Espero que ele me chute ou me machuque. Estou ao mesmo tempo um pouco assustada e excitada. Não deveria olhar para ele. Ele coloca a mão esquerda sobre o meu ombro, olha nos meus olhos. Começo a levantar sua túnica. Ele me interrompe, levanta meus peitos pesados com a mão, delineia com dois dedos os mamilos roxos. Assim que olho para ele, ele se vira e deixa a tenda. Outra vez estou sozinha.

Não me preocupo mais em estar segura, não me preocupo com os homens porque eles me farão sentir segura; agora sei que eles me veem como um animal, tenho apenas estes braços grandes, estes peitos, pálpebras fechadas sobre os olhos e a carne pesada das pernas se afastando da boceta. Se eles me vendem, se me maltratam, é porque acham que eu não importo. Só tenho importância quando alguém me toca, quando toco em alguém; os toques importam; assim, desta maneira, eu não existo mais, nem os homens. Meu corpo importa para mim. O coração junto aos pulmões, o estômago pressionando os pulmões, os pulmões inspirando e expirando o ar sem pensar, o oxigênio do ar. Não estou mais tão assustada como estava com o mundo porque não me preocupo mais. Meu único medo agora é de que ninguém toque meu corpo. Ainda não sei como me livrar desse medo.

Dias passam, um momento após o outro, a luz se torna mais e mais amarela, minhas fantasias mais densas e constantes, como um tecido laranja sobre a seda azul, no sol amarelo; assim estou sempre na borda lenta e ondulante. Se minha mão esfrega a carne da perna, os nervos começam a tremer, a estimular outros nervos mais distantes e mais perto do meu clitóris, o desejo rolando como animais delicados e perigosos alguns centímetros abaixo da minha pele é onipresente, cresce até que eu seja incapaz de me satisfazer, sou forçada a esperar; sou forçada a entrar nos piores pesadelos da minha infância, o mundo da lobotomia: a pessoa ou as pessoas das quais dependo enfiarão seus dedos no meu cérebro, retirarão meu cérebro, minha força de vontade, não terei mais nada, não serei capaz de me cuidar. Nesse nível de ansiedade, estou constantemente em repouso. Queria controlar todos os ambientes e ações que me circundam e saem de mim; tinha medo de que eles me controlassem. A mim. Como é estranho agora me deitar aqui esperando por outra pessoa, no deserto, um homem, não sei quem nem com que propósito, esperar por tanto tempo que eu nem sei mais. Brinco comigo mesma, cheiro o suor do meu sovaco, é mesmo suor, como posso afirmar o que é o suor? Percebo o amarelo, tudo amarelo ao meu redor, contornos tênues e indistintos de um corpo, todo mundo que eu conheço é louco, acredito que cada um/uma tem sua própria forma de loucura, as extremidades oscilantes do corpo parecem brancas fecho os olhos não fecho. Sinto um membro forçar o osso saliente logo acima do meu clitóris, não um membro mas uma cabeça, se vejo um braço cruzar meu braço, imagino que meu braço foi cortado ao meio, os lábios e a barba se esfregam na renda frágil na parte de dentro das minhas pernas e nas peles sob os pelos molhados. Os lábios se entrelaçam dentro de mim beijam lentamente as paredes internas do meu corpo até que cada centímetro do meu corpo estremeça tornando meus sentimentos presentes para mim. Posso perceber tudo. Sou uma criança; percebo através do toque. Cada centímetro mais e mais, primeiro: os lábios macios lábios grossos em seguida a agulha no final da língua meus líquidos começam a se misturar, eu me abro, não tenho mais vontade própria e então qualquer coisa pode me tocar, pode me penetrar, sou qualquer coisa/outra sensação em todos os poros da minha carne, me lambendo eu começo como sempre faço, orgasmo, orgasmo após orgasmo, abertura ABERTURA os nervos rolam em ciclos em percursos preconcebidos por meu corpo mais e mais rápido em voltas cada vez maiores e maiores até que minha carne se desintegre e se volte sobre si mesma. Como uma aranha devoradora. Começo a me limpar e rio.

Perco a memória. Passam-se dias após dias escuridão eu sou a escuridão. Estou viva.

[25/07]

Descemos o rochedo e deslizamos pela areia do Devil's Slide até a praia, uma pequena enseada cercada por pedregulhos as ondas enormes colidem contra as rochas. B, V e eu tiramos a roupa.
Me deito na areia quente. V começa a beber, as pessoas a reconhecem ela tenta endurecer o mamilo esfregando-o com o dedo molhado. Passo suavemente a língua em torno do seu mamilo e o aperto com os lábios enquanto ele cresce. Nós nos separamos, ela olha ao redor, acena para as pessoas que nos observam na praia. Um machão estúpido e nojento passa devagar. V coça minha nuca. Começamos a nos beijar, gentilmente, os líquidos lentos são sugados de seus lábios pelas curvas internas da minha pele, começo a estreme-

cer, inesperadamente me entrego a ela, o beijo continua, nas extremidades de cada centímetro de pele, sensações em meus lábios e em minha pele linhas rodopiantes linhas nervosas, tudo se abre, o beijo continua, estendo meu corpo sobre a manta junto ao dela um certo alívio fico mais excitada. Agora me aproximo, preciso dela, não posso escapar do orgasmo, escapar de desejar V; minha mão toca seus peitos pesados e triangulares que roçam a pele sobre o meu estômago me arrasto simultaneamente para baixo dela de modo que ela possa fazer tudo que quiser comigo e que eu possa segurar sua cabeça contra mim como a de um gato e protegê-la. Quantas pessoas nos observam? Olhamos para cima; tentamos nos separar.
V arreganha as pernas para as pessoas, ri delas, passa seu livro para lá e para cá *O orgasmo da mulher*. Três garotos espanhóis nos encaram extasiados, um casal hétero atrás de nós e dois casais bissexuais na nossa frente estão obviamente excitados. Eu me sinto esquisita. Sou esquisita. Preciso ter um orgasmo esquecer todo mundo. Coloco as pernas para cima como pirâmides enormes, seus pelos molhados pressionam dolorosamente meu clitóris isso não vai dar certo. Ela olha para mim. Preciso gozar. Nós continuamos nos beijando sem preocupação como se houvesse cobras em cada centímetro de pele ela é ele isto é mentira. “Posso tirar a areia dos seus pelos; posso enfiar minha língua em você?” Estou muito fora de mim para ouvir alguma coisa ela me lambe forte demais eu a empurro para longe ela fica magoada a situação é muito esquisita eu imploro que ela me leve ao clímax. Ela me lambe uma mulher está me tocando uma mulher está me tocando enquanto esfrego meus grandes lábios abertos contra os pelos dele com muita força mal posso sentir o pau dele as mãos dele começam a bater na minha bunda eu me sinto estranha não sinto nada como poderia sentir suas mãos começarem a esbofetear minhas nádegas mais forte e mais rápido enquanto enlouqueço começo a ter um orgasmo a dor finalmente me surpreende e me satisfaz relaxo por completo a língua dela controla cada nervo no interior dos meus lábios e do meu clitóris cada centro e linha nervosa sou completamente dependente

de sua língua esqueço tudo/todos me agarro nela quando começo a gozar, facilmente, posso controlar uma parte do orgasmo forte, aumentar sua duração
Vejo duas loiras se beijando na nossa frente.

Meu mundo tem quatro paredes teto e chão no qual eu vivo quente eles fecharam as janelas não penso neles a outra pessoa que vive no quarto comigo uma jovem garota cuja carne é gorda e macia como as pernas de uma aranha é minha vida.

Não compreendo mais nada de modo que darei prazer absoluto a qualquer um que venha até mim, qualquer um poderia ser a única pessoa a me dar prazer. O óleo escorre dos poros da minha pele, lubrifica a pele da minha amada, a única pessoa que vejo agora, à noite nós deslizamos uma sobre a outra animais que vivem no fundo das partes mais profundas do oceano.

Não sei quando comecei a viver aqui no início a garota me encarou e se afastou de mim. No início a garota me encara e se afasta de mim. Estou completamente sozinha, estou de saco cheio de tocar meu próprio corpo, me escondo sob pesados cobertores marrons claros, e, como a criatura estranha que sou, sento e espero. Já não me importo mais com o que acontece assim não me lembro mais. Joguei fora minha memória por isso estou sempre à beira de orgasmos múltiplos. Sento e espero. Como se estivesse colocando minha mão velha e pesada na sua coxa de criança sem fazer mais nada. Paro de me aproximar dela porque estou continuamente em êxtase.

No terceiro dia ela sorri para mim, em seguida foge. Sorrio de volta, uma única vez. Nunca mais deixarei alguém ter controle completo sobre mim ou sobre o meu corpo. Preciso retornar mostrar que estou disposta a tocar a entrar nela mostrar que nunca a estuprarei. Vivo neste mundo: preciso ter prazer me abrindo onde e quando eu puder, a maior parte do tempo estou sozinha. Ela é mais jovem e na quinta noite enquanto esfrego minha carne na lã áspera cansada de me tocar tão aberta para mim mesma que não sei dizer se estou me tocando ou não, sinto duas mãos no abismo do meu corpo uma aranha me circundando jogo lentamente meus braços na escuridão circundando o nada, em seguida a pele macia jaz sobre os ossos pontudos de um ombro, eu a puxo para mim até que ela esteja deitada tranquilamente nos meus braços. Dentro de mim, começo a me arrepiar. Eu sou dela. Sou sua filha e sua mãe por isso estou completamente segura sou inviolável e não há homens por perto. Minha escuridão liquida toda percepção extra. Nossas bocas se encontram minha boca nunca havia encontrado uma densidade de sentimentos físicos e mentais com uma complexidade que me conduzisse ao orgasmo. Eu a beijo por horas e horas. Até o ponto de não saber como cheguei aqui preciso completar gozar de vez eu monto nela nossas bocetas se encontram e se encaixam surpreendentemente na minha opinião com facilidade e eu a cavalgo já que o amor é o nosso único caminho até começarmos a atingir o pico e precisarmos de mais, e nos virarmos para o outro lado

Posso fazer o que eu quero. Posso escrever mais livremente dar uma pausa me livrar da minha mente danificada minha amante me ajuda em silêncio e vigia os empregados que nos trazem a rica e entediante comida que comemos, ela lambe as pontas das minhas orelhas em seguida empurra rapidamente a língua nos centros trêmulos no centro do meu cérebro. Eu me importo com ela? Quero me tornar tão estúpida e descerebrada quanto ela e me submeter às coxas rígidas de minha próxima amante sem rosto. Quero controlar meu ambiente. Como uma aranha gorda eu sento e espero. Flutuo. Noite após noite nossos membros se entrelaçam nos envolvendo e gozamos e gozamos existimos somente uma para a outra, em seguida somente para nós mesmas até que não exista diferença.

Acho que se passou uma semana. Não tenho mais certeza do tempo, neste quarto onde a luz é sempre cinza e onde estou sempre com calor. Eu te amo. Percebo que minha colega de quarto não sou eu, é outra pessoa; ela já me abandonou no que sobra da sua memória, acredita que está prestes a encontrar alguém além das empregadas que nos servem a comida. Estou cansada dela. Gosto de observá-la enquanto me recolho em mim mesma, sua pele está agora espessa e gordurosa, como o óleo que sempre ingerimos, os pelos escuros enrolando-se no meio da carne. Não me preocupo mais com ela. Olho para o meu corpo como se ele fosse uma teia, apenas um meio de pedir às pessoas para me tocarem. Meu corpo não existe. Eu me observo: agora estou pesada e ainda mais bonita: as curvas enormes das coxas se aproximam dos vales em torno de meu ventre começo a me amar como se fosse outra pessoa não percebo meu charme com indiferença, basicamente não me importo com minha aparência; posso ver tudo num conjunto de estruturas inconstantes. Só estou interessada em me interessar por alguém diferente. Acho a carne pesada sensual, como se fosse permanente. Não tenho certeza se me entendo como uma pessoa.

Me resta vontade suficiente para querer que esta prisão desapareça. A consciência do tempo (prisão). Eu me acho mais interessante que minha companheira, minha antiga amada; não estou mais interessada em prazeres vis nos quais preciso me empenhar, preciso comandar e controlar um orgasmo; quanto mais sinto meu eu e minha força, mais desejo passividade completa. Preciso sentir a escuridão e as menores coisas. Meus peitos são vermelho vivo.

Estou farta desta sociedade. "Ganhar a vida" como se já não estivesse vivendo; lobotomizada e robotizada de nascença, eles me dizem da forma mais sutil e sorrateira possível que não posso fazer nada do que quero fazer. Querem apagar todos os traços possíveis do meu nascimento. Tenho dois centros: o amor e o meu desejo de dormir. Quero apenas o movimento rumo à exaltação, me abrindo para e me tornando outra pessoa; a exaltação, depois nada, até que comece de novo. As pessoas não estão acostumadas a amar porque não vão longe o bastante. Tão longe quanto possível, e mais longe, em seus desejos intuídos. E o amor total, separado por natureza do "tempo", não encontra o amor total onde, dado o consentimento, tudo pode acontecer e dessa maneira não há nada como força ou fraqueza exceto como máscaras para se encenar. Todas as formas de amor são um saco. Qual é o mínimo que preciso fazer para sobreviver exceto por paixão, por meu desejo de me abrir e existir enquanto só posso depender do meu entorno para existir, e se eu precisar fazer mais, se precisar me prostituir de novo ao me tornar normal, a vida – a mentira de viver – é tão necessária para mim? Como se nesse caso, nessa morte sem amor, houvesse algum eu.

Descubro que meu ser é dependente de amor. Paixão física pelos outros e consequentemente por mim. Fodam-se os merdas que pensam diferente.

A me liga quero encontrá-lo no The Stud meia-noite? Digo a ele que preciso trabalhar que V me comeu no meio de uma praia pública sensacional você está chateado com alguma coisa? Te amo

[27/07]

Eles enrolam meu corpo com um véu fino e branco, me levam para fora do quarto, através da praça suja, do pátio, para um lugar onde há muito barulho, animais e homens. Os gritos das bestas chicoteadas são meus gritos subterrâneos. Eu começo, em meu corpo-mente minha mente se foi, a descer. Tábuas de madeira, uma faca longa e pesada e as sombras, as sombras me ajudam a me despir. Posso ver e ouvir de novo; telhados, cachimbo, música de cítara, as orações noturnas, a escuridão do ar noturno. Não fui tão longe quanto pensei que tivesse ido: ainda faço parte do mundo da meta diária de morte.

Agora há apenas a minha cama grande.

Uma mulher grande e pesada entra, me entrega uma mistura doce e viscosa que me incita a comer. Gosto dela; sorri para mim. Minha força de vontade está totalmente reflexiva ou perdida. Perdida. Como lentamente a gororoba, a gororoba arenosa, que é doce demais para comer rápido, a comida dela, desse modo faço o que ela quer. Não. Eu simplesmente não me importo: neste ponto é mais fácil não fazer objeções. Não sei o que me ajudaria e estou muito mal para fazer mais do que agir dentro do meu delírio. Estou completamente envolvida pelo delírio.

Uma mão dentro do meu estômago traça círculos leves no interior da minha pele as peles do meu ventre meus membros caem para fora. Desaparecem? As espirais se elevam até um pico abaixo dos meus peitos; não apenas sinto os diferentes líquidos em meu corpo, mas posso controlar os ritmos pulsantes de seus fluxos, posso mexer os músculos que formam um cilindro ao redor do meu clitóris tenso e relaxado de modo que as paredes e canais nervosos dentro do meu corpo vibrem sob o meu comando. Drogada, posso me controlar completamente.

A droga ajuda minha passividade e por consequência minha força. Viver tornou-se puro prazer. Mal posso explicar a diferença entre o meu gozar e o não gozar: se me concentro no ar que os meus pulmões aspiram, posso sentir os nervos ao redor dos meus peitos se movimentarem e se transformarem em padrões complexos. Agora sinto com mais clareza tudo que jamais senti, minha mente está presente em cada poro do meu corpo, meu corpo inteiro treme para se abrir para fora a partir do clitóris, ele está conectado. Começo a brincar com as espirais dentro de mim, minhas chamas, esfrego os dedos na minha pele macia avermelhada dos sóis, as minhas sensações vão em direção ao meu gozo, estou prestes a gozar? Brinco com a minha descrença, insensível, até que esteja quase insana. Não posso sentir nada, minha mente está vazia. Não posso fazer nada por mim mesma, nem sei o que preciso fazer. Do nada agulhas começam a surgir dentro e fora de mim através da minha pele; não faço ideia do que vem de dentro e do que vem de fora; caio numa escuridão mental e física. Vejo um quadro: dentro do quadro, estou pendurada em um pedaço de madeira por uma corda amarrada ao redor do clitóris; os músculos acima dele se comprimem, e eu grito alto. Minhas pálpebras estão costuradas na pele sob os olhos. Sou uma abertura na terra, me movendo e chorando pela chuva. De alguma forma estou acordada o suficiente para sentir um animal me espreitando.

Quando o pau do homem entra em mim, todos os meus músculos começam a vibrar, todos os nervos começam a queimar e a tremer. Sou líquida e sólida. Sou inteiramente prazer. Neste momento. **[1]** Estou me abrindo o bastante para acomodar todas as identidades, coisas, converter tudo em energia, um vulcão. **[2]** Sou energia constante e nunca posso ser outra coisa. **[3]** Não tenho emoções; sinto todas as texturas contra as texturas; faço parte e estou completamente ciente do mundo objetivo. Não existo. Meus nervos tremem tanto, tremem queimando, de cima a baixo, as inflamadas passagens secretas da minha pele, os nervos tensionam meus músculos até que o sangue chegue à extremidade do meu corpo, me inche e excite, e, incapaz de explodir, começo a gozar. Estas sensações – não sei como descrevê-las – duram horas. Gozo de novo e de novo e de novo agora me igualo a tudo e a nada estou completamente dependente do prazer que este estranho me dá.

Quando começo a desfalecer, meu corpo coberto com películas de suor refrescantes, me encontro sozinha outra vez. Um outro homem entra, me penetra, sai, em seguida outro; na escuridão conto seis homens que me despertam do meu sono semiorgásmico. Não faço ideia do que isso significa.

Vou acabar com isso logicamente: como a doce mistura arenosa toda noite, carneiro ensopado e beringela embebida em óleos, doces cobertos de mel. Não preciso mais ganhar a vida. Penso na mistura (na droga) e em sexo, mas sinto sobretudo o prazer do masoquismo que ocorre *apenas* quando dou meu consentimento. Se eu consentir, agora, posso fazer qualquer coisa.

Acho cada vez mais e mais difícil escrever isso por receio de ser roubada. Eu

Estou falando diretamente com você. A desordem completa existe. Passo a maior parte do tempo sozinha, no monastério; me curvo lentamente sobre os joelhos e rezo. Sou muito pobre mas sempre que posso fico sozinha e rezo. Penso. Às vezes enlouqueço vou procurar um homem. “Você quer foder?” nós fodemos de todas as formas possíveis até que ele não possa mais suportar a paixão, nunca mais o vejo. Às vezes trepo com mulheres. Acredito em explicar tudo sobre a minha vida sexual o mais integralmente possível. Se for preciso, uso as pessoas para chegar aonde quero. Tenho muito medo de morrer: acho que faria qualquer coisa para continuar viva. Acho que preferiria morrer a me submeter a me tornar um robô a deixá-los me lobotomizar. Toda vez que estou prestes a foder chupar provocar um homem acho que vou conseguir o que quero vomito preciso sair. Só trepo com homens por quem estou loucamente apaixonada (desta vez).

Eu teria dormido com meu irmão, depois que minha mãe morreu, mas ele me rejeita. Agora preciso ficar sozinha tenho visto muitas pessoas que não conheço bem preciso considerar todo o meu íntimo. Se sinto que não tenho mais espaço, começo a enlouquecer. Logo todos enlouquecerão se as coisas não mudarem. Minha melhor amiga, madame Lídia Pachkov, me diz que preciso de muito dinheiro. Ela é louca e amorosa, a Virgem Maria dos espíritos; eu a adoro. Ela me diz como ganhar dinheiro, mas não posso fazer isso. Algumas pessoas pensam que sou maluca. Algumas pessoas me esquecem. Uso psilocibina, mescalina, ácido puro; ocasionalmente haxixe como afrodisíaco. Como o mínimo de comida possível para economizar dinheiro.

É claro, eu me disfarço de homem. Tenho 26 anos. Sou extremamente preguiçosa. Lídia está furiosa comigo porque durmo com homens e se recusa a me ver de novo. Agora não há ninguém. Os sentidos e o espírito são manifestações independentes um do outro; êxtases sexuais se tornam comunhões místicas. Comunhão humana. Não há mais nada que eu queira.

Todos os eventos acima foram tirados de *Helen and Desire*, de A. Trocchi, *The Wilder Shores of Love*, de L. Blanch, e de mim.

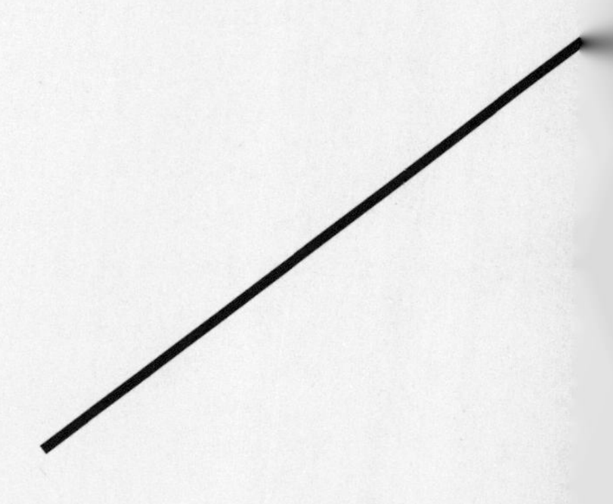

5

Eu exploro minha infância miserável. Eu me torno William Butler Yeats.

SETEMBRO, 1973

EVIDÊNCIA:

Oito anos:

Minha mãe me conta por que nasci: ela teve uma dor no estômago, durante a guerra, foi a algum médico charlatão (tinha acabado de se casar com um cara por causa da guerra e por adorar os pais dele); o médico disse que ela deveria engravidar para curar a dor. Uma vez casada, ela engravida, mas a dor permanece. Ela não aborta porque está muito assustada. Corre para o banheiro porque acha que precisa cagar; eu saio. No dia seguinte ela tem apendicite.

Minha mãe coloca botas pretas forradas de pelúcia com saltos pontudos de cinco centímetros sobre as meias caramelo, um suéter apertado marrom-alaranjado sobre um sutiã branco ela tem peitos grandes macios e fartos, uma saia reta marrom-alaranjada com triângulos marrons e azuis que correm pelas coxas. Batom vermelho vivo e pó rosa. Por cima de tudo, um casaco preto de pele de foca. Parece jovem e bela. Nós saímos do apartamento juntas, descemos pela rua, está nevando, por três quarteirões de distância até meu parque favorito. Um branco puro cobre completamente a parte mais baixa: a quadra de basquete, a pista de patinação e os balanços de adulto; a parte mais alta, onde costumam ficar as gangorras, os trepa-trepas e as caixas de areia, parece uma floresta mágica. Minha mãe e eu brincamos juntas; ela me diz que é minha irmã. Nós vamos a uma farmácia pegar sorvete e refrigerante; um homem lhe pergunta se somos irmãs.

Minha mãe me conta que meu "pai" não é meu pai verdadeiro: meu pai verdadeiro a abandonou quando ela estava com três meses de gravidez e nunca quis nada comigo. Este marido me adotou. É tudo que ela me conta. Eu me sinto feliz por não ter em mim nenhuma gota de sangue do meu pai adotivo.

Dez anos:

Minha mãe me diz que em breve um suco de cenoura vai sair de mim quando eu mijar e que não devo ficar preocupada. Eventualmente todas as garotas, uma vez por mês, veem o suco de cenoura jorrar de seus buracos de mijar. Eu me pergunto se posso beber esse suco e se minha mãe está mentindo.

Doze anos:

Minha mãe e minha irmã estão deitadas juntas na cama da minha mãe vendo tevê eu me sento no chão em frente à cama. Amo o chão. Mais tarde aprendo a amar as paredes. Meu "pai" se senta em sua própria cama. Minha mãe diz à minha irmã que meu "pai" bebe três bebidas quando chega em casa do trabalho, é um alcoólatra, dorme às 19h30 e nunca faz nada. Minha irmã ri dele e diz que ele é chato e estúpido. Ele me diz que não sabe quem é Dostoiévski. Minha mãe me diz que odeia a mãe dele porque ela a tratava mal: minha irmã e eu também tivemos . Minha irmã ri. Estou entediada.

Minha mãe me diz para embrulhar meus Tampax usados com jornal. Pepper (o cachorro) tira um embrulho de jornal da lata de lixo, mastiga, arrasta pela casa. Minha mãe me diz que eu sou porca e má; que sou egoísta e não faço nada por ninguém além de mim. Ela tem razão.

Minha mãe me diz que me ama e tenta me beijar. Eu não digo que a amo. Ela nunca faz nada por mim, e, quando eu quero falar com ela, está sempre falando com um de seus amigos no telefone. Eu lhe digo que ela nunca quer falar comigo; ela me diz que sou mentirosa. Faz de minha irmã sua melhor amiga, sua amante e sua empregada.

Treze anos:

Eu transo e descubro que minha mãe está mentindo. Sei que minha mãe mente sobre tudo. Declaradamente nós nos odiamos.

Quinze anos:

Minha mãe me manda ir ao banheiro dela precisa falar comigo: "até onde você foi com os meninos? Você não pode deixar que eles te toquem, humm você sabe, porque depois outras coisas vão acontecer, você é nojenta...". Eu a interrompo digo a ela que não há por que me dizer tudo isso. Nunca mais falamos sobre sexo.

Em uma tarde de inverno consigo sair de casa; pego o metrô até a rua 9 e a Terceira Avenida para ver o meu amante P. Nós passamos a tarde trepando. Quando chego em casa por volta das seis da tarde minha mãe me pergunta onde estive. "Apenas andando por aí." "Por que você não estava no ensaio de dança da Associação Judaica para os Cegos?" "Sinto muito, esqueci." Ela começa a me esbofetear o mais forte possível. "Puta. Puta."

Dezesseis anos:

Minha mãe me diz, enquanto meu pai e minha irmã escutam, que o pau do meu pai é muito grosso e pequeno para ela, que ele não a fode o suficiente. Eu demonstro que entendo o que ela quer dizer.

Dezesseis anos:

Meu pai tenta me estuprar: acha que eu tenho trepado e começa a chorar, me abraça, me beija, geralmente esporra. Eu ligo para minha mãe que está na casa de campo deles, digo a ela para acalmar o marido ou nunca mais verei nenhum deles outra vez. Me recuso a beijá-lo.

A última vez que estive em casa, minha mãe me encheu o saco: sou egoísta sou insana preciso ver um psiquiatra deveria estar morta etc. Eu peço para ela parar de me aborrecer, estou passando por um momento difícil: mostro os punhos que cortei bem forte com uma navalha tentando me punir. Ela me diz para não falar sobre coisas desagradáveis na mesa de jantar.

Minha mãe e eu somos quase idênticas; temos muitas das mesmas características.

Tudo é incrivelmente belo:

Sonho que estou olhando pela janela e vejo um grupo de garotos brincando uns com os outros e rindo. Um garoto de uniforme preto salta para o meio do grupo. Eu não sou um garoto. Um empregado me diz que está planejando explodir a cidade. Pavões passam pela balaustrada. Minhas mãos macias como seda pressionam as pálpebras dos meus olhos.

Vivo em Bedford Park, em Londres, numa velha casa preta e branca que tem passagens secretas. (Tenho muito medo de ficar sozinha e quero muito ficar sozinha.) Tenho treze anos e sou uma criança. Lãs ásperas e marrons roçam contra minha pele, eu sonho em estar aquecida de novo, rindo como se estivesse numa floresta escura e chuvosa.

Sonho que vejo uma velha casa de madeira na esquina de uma rua da cidade. Um caminhão de mudança vai até a casa; dois homens carregam os móveis para dentro. A casa está vazia de novo. Eu olho para a casa: numa janela uma mulher velha se agarra ao batente. Diz que há fantasmas na casa. Em frente à casa, quando está escuro, os jovens noviços de Deus começam a gritar.

Eu mato um pato portanto sou má. Ninguém me pune: meu avô me recompensa e diz às empregadas para cozinhar o pato para o jantar. Eu balanço meu pau para minha mãe (avó).

Evoco imagens de mim mesma, ou apenas imagens. Elas são "minhas" imagens no entanto ampliam meu conhecimento. Costumo ouvir que outras pessoas têm as mesmas imagens, e sei que todos nós estamos conectados. Foder é uma cerimônia religiosa. As pessoas que morreram ainda estão pensando e escolhendo, pois todos os pensamentos e desejos estão conectados e pulsando, na escuridão absoluta, para a frente e para trás. Não estou certa disso.

As imagens existem, e as causas, as razões para essas imagens. Às vezes acredito que não há causas ou razões. Ou não há imagens, apenas causas: fogo, terra, ar, água. Estas quatro imagens também podem estar escondidas, uma outra razão ou causa, um infinito interminável e desconhecido. Eu sou um homem velho falando.

Se tudo é fantasia, não há nada como amor ou amizade verdadeiros. Eu também sou uma fantasia. Outras pessoas, mortas e vivas, são presenças: posso me sentar perto do fogo, não posso entrar nele. Quero muito me tornar as pessoas que amo: tenho uma ideia muito elevada da amizade e do amor e sofro toda vez que trepo ou falo com alguém. Os Deuses são aqueles que desejam infinitamente se tornar outras pessoas e, assim, sofrem infinitamente. Começo a me estudar de novo já que não tenho ninguém para tocar. Às vezes, quando estou mais travestida de criança, fico tímida não consigo falar com ninguém, me deito e olho as pessoas, me abro para abraçar qualquer um que se sente perto de mim que fale comigo que me toque. Geralmente as pessoas me ignoram, e vou para casa. Apenas nesses momentos estranhos, eu os chamo de momentos ninfomaníacos, me sinto livre; nas outras vezes estou assustada. Ódio. A maior parte do tempo odeio as pessoas e os eventos. Não sou feliz mas fico à vontade e me abro quando estou travestida. Na minha cabeça estou sempre falando com alguém (tenho poucas pessoas reais com quem conversar) e quando esqueço, as duas vozes continuam na minha cabeça, se eu esquecer noto por acaso uma das vozes ou as duas fora da minha cabeça: decido que sou insana.

Os sonhos, as fantasias e os desejos que esses eventos revelam estão crescendo.

Estou começando a amar minha nudez e a me deleitar com ela. Esse abandono do ódio é novo por/para mim. É importante para um garoto compreender sua sexualidade. Quando eu, num segundo, um segundo de mudança, começo a amar meu corpo e consequentemente as emoções que surgem do meu desejo de ser tocado, começo a amar a desejar e a ter muito mais alegria com as minhas lembranças do que com as percepções imediatas.

Tiro a roupa quando e onde posso. Não consigo falar com as pessoas exceto se estabelecemos claramente uma base sexual. Tenho visões: velhos mendigos mortos, pessoas pobres que foram expulsas de seus lares por causa de dinheiro ou do preconceito que vem com o dinheiro, vivem acima de mim, em cavernas escondidas e nas folhas verde-escuras; quando procuro por elas nas florestas ao redor do Colégio Mills, que é o único lugar aonde posso ir de carona, vejo mulheres jovens fodendo nas mesmas cavernas.

Vejo: o declínio das ciências, o declínio da certeza do conhecimento, o amor à melancolia, um amor tão forte que ninguém poderia retribuí-lo. Agora devo amar aquele por quem me apaixono sem me preocupar se a pessoa me amará. À medida que minhas fantasias aumentam, meus desejos me inflamam e se inflamam até que eu seja quase o meu desejo, estou cada vez mais incapaz e relutante em falar com pessoas. Preciso parar com isso.

(Mais detalhes sobre a minha verdadeira infância.)

Odeio meu "pai". Meu pai agora me influencia muito. Todas as manhãs nós vamos a Oakland de trem, até uma sala enorme na rua Iorque vigas de madeira atravessam o teto a madeira separa a parte de cima da parede da parte de baixo; mais sólido: sobre uma lareira branca que não funciona, níveis e tipos de madeira diferentes se enrolam, em estranhas formas onduladas, como se retratassem algum sonho que eu tive em que meu corpo cresce e cresce. Ele me mostra que devo retornar às convenções sociais familiares, me livrar das paixões, dos pensamentos superestimados, do amor ao prazer e da indulgência, retornar ao "real". Eu me torno mais e mais louca. Chupo uma pera que penso ser o mamilo da minha mãe. Abro os olhos e não digo nada. Calafrio. Sinto-me nua, como se minha pele estivesse sendo arrancada de mim, o muco vermelho meio sólido sou eu: o que eu vejo. Sei que me apresento como um muro de calafrios a qualquer um que tente falar comigo. Eu me odeio e sinto que tenho motivo para isso. Agora me comporto dessa maneira com todos que conheço.

[11/09]

Eu me comporto pior e pior com as pessoas mal consigo falar com as pessoas que conheço (com quem eu trepo) e muito menos com as pessoas que não conheço nem admiro. Fecho minha jaqueta preta de couro e fujo. Sou a mais tímida aberração em couro preto do mundo. Entro num cômodo enorme e lotado J me diz "olá" fico surpresa e feliz. "Ohhh sua namorada não está com você é por isso que você está me dizendo olá." Estou a fim de foder com ele? Digo "olá" para A que responde rapidamente "olá" e passa por mim para ver poetas famosos. Espero demais da AMIZADE do AMOR as outras pessoas não partilham a minha visão de amizade total. Se não puder convencê-los aqui, eles vão me ignorar. Agora sei que eles vão me ignorar, então quando alguém que admiro parece gostar de mim, eu fujo. Sei que todas as minhas amizades e amores vão fracassar. Não. Não culpo A e J: eles não são visionários, ou não vivem conforme suas visões. Me chute de novo na boceta por favor. Quando vou visitar uma mulher que conheci quando criança, ela me diz que agora sou uma idiota tagarela. Quero ser inteligente e capaz de comunicar meu conhecimento o mais claramente possível, e não consigo nem mesmo dizer olá a um poeta que conheço pouco e admiro, muito menos dizer alguma coisa mais complicada. Estou me tornando miserável. P ri de mim mostra como me ridicularizo em público: na minha mente acomodo essas memórias, exagero, tento fugir de mim mesma. Não estou interessada no que eu, exceto como uma médium, tenho a dizer. Não há música na minha obra nem em minha fala. Sou desajeitada e minto. Às vezes a exultação vem, eu sei que o amor existe, e grito alto pelas ruas escuras, toco qualquer um que venha até mim, subo direto pela rua Kearny e passo por um grupo de empresários, ventos intocáveis. Preciso foder com alguém, ligo para J mas ele não está em casa. Sei que os pássaros choram à noite como se sonhassem.

No minuto em que toco o meu pau vejo um anjo agitar suas asas brancas no ar. Fico aterrorizado.

Dou detalhes dessa transformação: viajo para Sligo onde vou viver com meu tio Georges Ally que tomou posse da grande e solitária casa do meu avô, ele vive com uma governanta e um peão, e se queixa da morte o tempo todo. Minha avó levanta meu vestido de organdi rosa e mostra ao chefe dos empregados minha nova calcinha cinta. Meu primeiro Tampax ensanguentado de verdade. Fodo com D, A, paro por um ano, quando um namorado me pergunta até onde fui eu lhe digo apenas tão longe quanto fui com você pensando o tempo todo em como ele é tolo e estúpido, e então? P, B, assim me torno uma ninfomaníaca. Ainda sou uma ninfomaníaca porque minha pele é branca, os lábios da minha boceta são vermelhos, não, rosa, não tenho boas maneiras. Acho que ao dominar os desejos carnais, a luxúria, a minha inclinação física pelas mulheres e pelo amor, o que ainda não consegui, eu viverei em êxtase, buscando a sabedoria. Ok.

Meu sonho de infância:
(Reduzir para processar.)

Numa certa ilha um monstro horrendo protege uma árvore carregada de frutos divinos. Às 18h eu parti de Sligo, o verde-claro sobre o verde-escuro sobre o verde-claro, caminho devagar não sei dizer se estou no sonho ou na realidade, os pensamentos passam por mim como a seda passa pelos meus olhos, as árvores movendo-se são infinitas serigrafias em preto e branco. Não posso mais dormir pois estou muito sozinha. Estou com medo de o guarda florestal, que protege esta floresta, atirar em mim. Acordo justamente quando os pássaros começam a cantar, os passarinhos, dentro e fora de mim. Agora anseio novamente pelo campo.

Resolvo trabalhar mais duro e venerar minhas paixões. Ando pela floresta seca, galhos estalam sob os meus pés; de repente o chão cede e estou andando sobre uma espécie de lama pegajosa repleta de sanguessugas. Por quilômetros infinitos do meu sangue. Cheiros. Estou num pesadelo pois não tenho nenhum lugar para onde ir começo a chorar meu tio diz "Você tem um bom motivo para estar exausta" o que significa "Com quem você fodeu?". Começo a gritar mais e mais alto. Não vou explicar por que tenho sentimentos tão fortes, por que odeio e amo e, finalmente, apesar de todas os motivos de minha infância, eu não sei.

Kathy também escreve sobre isto e suas memórias são as mesmas que as minhas:

Estou sentada sob um espelho antiquado e estou sentada num outro canto do quarto. Um quarto antiquado: paredes marrons, pequeno, cobertores brancos de renda. De repente ouço um som como se alguém estivesse despejando um monte de ervilhas no espelho. Mais tarde vejo o chão sob as árvores queimar num grande clarão. Quando atravesso o rio até uma cidade destruída, vejo o mesmo clarão se movendo através de uma enxurrada de água. Um homem anda em direção à água e desaparece nela. Uma luzinha se move sobre o monte Tamalpais; alcança o cume em cinco minutos. Vejo muitos fenômenos cuja causa não posso explicar. Acho que sou insana. Estou com medo dos meus desejos físicos, mas não falaremos disso.

Acaricio minhas longas pernas brancas, quando a língua a ponta da minha língua toca a pele sobre o meu peito direito eu sinto dor não sinto gosto de nada nem de sal me meto entre os travesseiros ao meu redor eu me vejo: a pele espessa sobre os membros pesados, os ossos brancos. Sou um espelho: os músculos ao redor do meu clitóris começam a se mexer, eu me desejo. Dentro de mim, um pequeno círculo. Minha mão desliza ao longo da pele pela areia na testa, pelo óleo, desce pelo nariz achatado já que sou um gato, pelo fio amarrado de mamilo a mamilo. Rolo dentro de mim mesma e ao redor do meu corpo, minhas pernas se arreganham: eu me afundo mais, desço, até que o peso do meu corpo descanse nas minhas costas entre as axilas. Tiro a camiseta branca masculina e o jeans barato que estão começando a feder, estou com muito tesão e não há ninguém para foder de qualquer forma fui e sou insana demais para ter uma conversa normal ("Você gostaria de trepar comigo?" "Eu te amarei e serei sua amiga para sempre"), levanto o peito esquerdo o que às vezes machuca a ponta do mamilo até os longos cabelos castanhos e fedidos, esfrego a pele áspera do peito na pele ao redor do peito. Começo a trepar comigo mesma. Os nervos os músculos ao redor do clitóris latejam bruscamente por dentro e por fora, relaxados e tensos, imagino os músculos clitóricos vejo músculos clitóricos a dois centímetros dentro dos meus olhos; dois centímetros abaixo da minha pele minha mão toca meus órgãos veias artérias devo usar meu dildo?

Eu me vejo: pele morena muito espessa peitos caídos e moles com enormes mamilos violeta a pele sob eles curva-se até os quadris de homem até as longas pernas pesadas de aranha. Não tenho unhas, algumas cicatrizes da leve dor que suporto. Estou olhando para o meu corpo e escrevendo. Dois dedos apalpam meus gordos grandes lábios, pressionam os lábios um contra o outro até que a pele comece a arder. Eu me desloco quero acabar com isso, me aperto contra mim mesma: toco cada nervo isolado cada músculo isolado, toco o clitóris lentamente pressiono-o preciso relaxar ir mais devagar, não eu me toco um pouco menos do que me movo para me aproximar do toque com bastante firmeza eu me empurro em direção ao dedo. Mexo o dedo mais rápido faiscando sobre a pele esticada, sinto o clitóris crescer, as peles sob os dedos ficam molhadas. As sensações multiplicam-se não consigo pensar em mais nada.

(Agora sei que todo mundo me odeia. Escuridão completa e sentimentos horríveis: quero me machucar, não posso fazer nada por mim mesma, me apoio em qualquer um que seja possível. Estou desmoronando. Eu me vejo:)

"Estou tão entediada", eu disse, balançando as pernas para longe da lareira da velha mansão inglesa. Estou falando com meu amigo T. "Tudo aqui é perfeito: pela primeira vez na vida tenho comida suficiente, não preciso trabalhar como stripper nem fazer qualquer outra coisa senão escrever, se eu estiver morrendo você tem dinheiro suficiente para me chamar um médico, tenho dois pares de jeans, tenho muitos animais com os quais posso foder."

T ri. "Geralmente as coisas não são desse jeito você sabe."

"Apenas quando o país está desmoronando. Não é legal ser rico?"

NIXON ASSASSINA O CHILE
AGNEW ASSASSINA NIXON
POBRES ESFOMEADOS COMEM OS PRÓPRIOS FILHOS

Atiro os jornais para longe de mim, enjoada. Metade da pele das minhas pernas, branca, a outra metade, vermelha. "Me diga, T, quem são seus escritores favoritos?"

"Leio apenas policiais, pornografia e jornais. Gosto de escritores que dizem as coisas."

"Eu gosto de ouro e de prata, de seda púrpura através da qual se pode ver sedas mais estranhas escondidas, dos amarelos rarefeitos dos sóis que quase não reconhecemos mais, dos brancos sobre os brancos sobre os brancos da neve penetrando nos pesados galhos de madeira, da neve gelada nas solas dos pés, dos brancos enrolados na palidez prata dos meus lábios, coisas e boceta. Gosto de observar os gaios-azuis os sabiás os pardais cinzentos os pombos os falcões de celeiro as corujas os papagaios os juparás que voam pelas árvores sobre o lago azul-prateado, os padrões de galhos finos e as folhas caídas sobre padrões finíssimos de folhas e pelos, pelos sobre madeira, folhas sobre folhas, flores enormes e vermelhas separadas por árvores e pedras, um caminho ocasional na beira da relva através da floresta, a vida que não existe mais."

"Ó Deus estou tão entediada", exclamo.

Nesse exato momento,

Não falo com ninguém porque não sei como falar. Vou te contar sobre a minha infância: (contar a verdade)

"Oi Kathy." "Hum oi, como você está?" "Estou bem, querida, e você?" "Tudo bem." Meu pai. "Peguei todas essas doenças porque não tenho comido proteína suficiente." "Oh isso não é nada bom." "Por que você não me mandou dinheiro para que eu pudesse ir te visitar?" "Sua mãe vai conversar com você sobre isso." "Hum, você está bem?" "Estou trabalhando duro o tempo todo, como de costume" choraminga. "Por que você não se aposenta; você tem dinheiro suficiente." "Eu não teria nada com que sobreviver", ele ganha mais de 50 mil dólares por ano e minha mãe tem meio milhão no banco. "Você é rico o bastante." "Não diga isso, Kathy, eu sou pobre: você que é rica."

"Vou deixar você falar com a sua mãe." A mulher que me deu à luz fala comigo: "Sim, o bebê da sua irmã é realmente adorável. Amo todos os bebês; eles são tão lindos. Amo todos os bebês; eles são tão lindos. Menos você e sua irmã: vocês eram feias. Menos você e sua irmã: vocês eram feias."

Fecho a porta da frente imediatamente: ar cinza cinza mijo cinza mijo de cachorro em mim vou até a Clínica Haight para me livrar dos vermes brancos que se contorcem no meu cu. Não, eu nunca como, obrigada; não tenho dinheiro suficiente. Espero meia hora para ver a pessoa que preenche os formulários, meia hora para ver a pessoa que tira o sangue, uma hora depois uma pessoa me enfia numa sala de madeira: o médico verá você em alguns minutos. 8h e o dia mais quente até então em São Francisco. Sinto o suor escorrendo pela pele lateral dos peitos. 8h15. A sala está ficando menor e mais quente. Escuto umas pessoas falando sobre hepatite. O médico não vem me ver porque as outras pessoas estão mais doentes que eu. O médico não vai me atender porque tenho vermes nojentos. O médico não vai me atender porque me odeia. Devo me acalmar, tentar dormir. Não consigo. Formas escuras do lado de fora encostam-se contra a porta para assegurar que a porta esteja fechada. As formas são pessoas. As formas são formas: me ameaçam. Estou ficando paranoica, mas posso controlar isso. Quero me sentar no chão de madeira no canto, mas eles vão pensar que sou louca. Até onde devo ir antes que não consiga controlar a paranoia? Estou perto ou longe desse ponto? Volte amanhã. Vou imediatamente comprar um novo gibi da Marvel; um cara alto e negro olha para mim, abre uma afiada navalha curva prateada, passa a navalha entre o polegar e o dedo anelar. Não entro na loja.

Volto para casa. “Olá Kathy sou eu, L.” “Hum, olá.” “Estou indo a São Francisco e quero saber se posso ficar com você?” “Hum, com certeza, mas preciso pedir a P.” “É o seguinte: eu não posso ficar com você se estiver trepando com P.” “Sinto muito, não tenho visto P com frequência (P é meu irmão amante e o único amigo que tenho moro com ele faz um ano) e trepo com ele e farei isso toda vez que tivermos vontade.” “Você consegue encontrar um outro lugar para eu ficar? Te levo para jantar fora.” “Você pode ficar num motel próximo ao Mills; custa só três ou quatro dólares por noite.” “Quero ficar perto de você.” “De qualquer maneira só posso te ver três ou quatro horas por dia. Estou muito paranoica agora e não vejo muitas pessoas.” “Eu vou te ver. Faça como quiser. Eu vou te ver.”

Ligo para P. “Você precisa ficar atenta: as pessoas se aproveitam de você com muita facilidade.”

Eu durmo e penso sobre os amantes que não fodem. Eles detestam os próprios corpos. Eu amo foder. Meu irmão é tímido e quando fica muito excitado sexualmente, seu pau se recusa a subir. Pego minha preciosa garrafa de vinho tinto. Meu irmão está com medo, está com medo de foder com as mulheres e elas sempre têm de tomar a iniciativa. Eu tomei a iniciativa com ele: coloquei a mão na braguilha dele e olhei para ele, em seguida virei a cabeça e agarrei seu pau. Os amantes que não querem foder um com o outro são tímidos, como o meu irmão. Meu irmão é a única pessoa que me respeita é por isso que se sente tímido.

Uma amante me pergunta se meu irmão e eu somos amantes. Quero uma centena de irmãos, mas por ora só tenho um.

Eu fui de Cannes, sendo católica e com medo de meus desejos enormes, até Mônaco, passando por Antibes, até Cannes em busca do meu irmão. Ele é o primeiro homem com quem fodo.

Não temos dinheiro e pensamos em nos separar. Duas figuras sombrias, ossos de caudas negras espreitam atrás das árvores, as redes escuras sobre a rede verde-claro sobre as redes escuras, através do amarelo esverdeado mais e mais amarelo na luz pura!

A alma sobrevive ao corpo?

Sim.

Então o amor não precisa ser físico.

Nossa civilização está perto do fim ou da transformação?

Sim.

Nós precisamos considerar o terror a que estamos sobrevivendo.

Todos os eventos (e pensamentos) acima foram tirados de *Mythologies e de The Autobiography of William Butler Yeats*, de William Butler Yeats, e de mim.

6

A história da minha vida.
SETEMBRO, 1973

1947 Eu nasço em 18 de abril; minha família se considera aristocrática, embora não seja, porque minha avó (mãe da minha mãe) veio pobre da Alsácia-Lorena para os EUA e mais tarde se casou com um homem rico. Eles idolatram o dinheiro como todo bom americano. Asseguram-me de que apenas os indignos trabalham. Eu nunca vou precisar trabalhar porque sou rica e vou me casar com um rico, se precisar pensar sobre dinheiro é porque caí no mundo. Eles são inacreditavelmente mesquinhos comigo. Esses treinamentos precoces e conflituosos me fizeram orgulhosa e tímida, confiante de que sou por natureza melhor do que os outros e ciente de que todos, sobretudo meus pais, me odeiam. Que eu me lembre, estas são as primeiras raízes da minha esquizofrenia e paranoia.

Quando bebê eu cuspia em qualquer um que quisesse: quer se tratasse de uma pessoa rica ou não. Quer se tratasse de uma pessoa que me insultasse ou não.

1947-51 Primeira infância no apartamento 6C na esquina entre a rua 57 e a Primeira Avenida. Manhattan. Para continuar, quando minha irmã, uma bebê, ronca muito alto, eu mordo seu joelho.

1951 Minha avó (mãe da minha mãe) me recebe em sua casa e nutre minhas fraquezas; meu egoísmo, meu orgulho, minha obstinação em conseguir o que quero. Minha avó é inacreditavelmente rica.

1952-57 Educada por uma tutora particular, a Virgem Maria Negra, eu a ensino a chupar minha boceta. Ela se corresponde com muitos poetas famosos. Minha mente, meu único depósito de liberdade, está começando a nascer.

1957 Entro numa escola privada para meninas e me submeto alegremente a esse treinamento. É lá que recebo minha educação final, um refúgio que não é desconhecido para você: as artistas mais inteligentes e insanas foram educadas lá.

1970 Começo a viver exclusivamente segundo meus desejos. Odeio brigar, odeio todo uso de armas e demonstração de coragem pois só estou interessada em operar sexualmente. Quero fazer apenas o que a minha imaginação dita.

Compreendo que é assim que devo viver mas ainda não tenho a força moral para isso. Por razões psicológicas (infância) não posso trabalhar e por medo da fome dependo dos meus pais. Detesto meus pais que me odeiam mas ao mesmo tempo me prendem a eles; odeio ainda mais o estilo de vida hipócrita deles: a fachada que querem que eu seja, o vazio mais real de seus desejos. Eles não são nada. A família está sempre fingindo que está morrendo de fome e nunca segue seus desejos. Eu quero ser totalmente diferente desses miseráveis. Conheço uma linda mulher que não me ama como eu a amo; ela não entende que minhas ações devem representar as imagens no interior da minha mente: a imagem do amor e da destruição do eu. Ela me abandona, a mulher que me deixa beijar sua linda boceta vermelha; e eu faço o que meus pais querem, por fraqueza, me caso com uma mulher cuja fortuna familiar irá restaurar a riqueza dos meus pais. Compenso minha fraqueza ao me satisfazer com mais sucesso, ao tentar agora descobrir sistematicamente quais são os meus desejos verdadeiros. As imagens nos meus pensamentos e nos meus sonhos são indicadores de meus desejos sexuais? Quero apenas reproduzir esses eventos (imagens)? O que mais quero fazer? Não quero fazer nada? Decifro meu verdadeiro eu de forma sistemática, numa sorte de progressões cada vez mais distantes da "normalidade", experimentando cada ato sexual. Contrato prostitutas porque sinto que as pessoas com quem experimento deveriam receber alguma compensação já que não têm os mesmos desejos e curiosidade que eu. Prostitutas têm experiência o suficiente para me deixar sozinha.

Sou jogada na cadeia por tentar representar meus desejos.

1971 Eu me apaixono por um homem (L) que me usa. Percebo que as paixões são fortes demais e, embora sagradas, sempre acabam por me destruir. Odeio esse homem que tira um enorme prazer do meu ódio.

1972 Odeio essas mulheres e esses homens totalmente sofisticados, isso significa que eles só se preocupam com dinheiro e me chutam e me dilaceram cada vez que me apaixono por um deles. Agora só vou me apaixonar por alguém que seja inexperiente e esteja pronto para ser iniciado no desejo da paixão pura, como era natural antes de a sociedade se apropriar e fazer da paixão mais um produto. Minha boceta é laranja brilhante e cheira bem. Sucumbo de novo: me apaixono por um homem que me faz de tola, que

Muitas lembranças dolorosas aqui. Não posso escrever nesta prisão escura.

1985 Minha mãe (sogra) certifica-se de que me encarcerem para sempre numa cadeia. Não quer que eu perturbe a bela fachada social que ela criou; sua maníaca torre de marfim. Vivo num quartinho de pedra onde há sempre luz, pedras molhadas sob os meus pés nus, contra os meus membros superiores e inferiores, em cima do meu cabelo castanho rebelde. Cabelo e pele cinzentos. Não tenho autorização para me exercitar porque posso encontrar outros prisioneiros e corrompê-los. Engordo e desenvolvo todos os tipos de doenças vermes brancos, enormes e gordos rastejam contorcendo-se para fora de meu cu. A pele do meu cu é vermelha. Ninguém se importa comigo nem faz nada para me ajudar incluindo minha suposta esposa que só sabe chorar. Quanto mais eu a desprezo, mais ela me ama e lambe meus pés ausentes, o que me faz desprezá-la e desprezar a mim ainda mais. Não diga isto.

Na prisão: Na prisão: não tenho mais nada a fazer com as pessoas. Vivo inteiramente em minhas fantasias. Ainda me lembro de todas as pessoas que me perseguiram: essas memórias sublinham meus prazeres mentais. Agora que não sou mais capaz de foder etc., posso jogar fora essa muleta, esse medo: posso investigar plenamente todas as formas de desejos sexuais, o que são essas formas; catalogá-las. Descobrir tudo que eu potencialmente consiga pensar. Tudo que eu posso pensar vem de mim, óbvio, e é bom; cada ação que posso imaginar eu deveria ser livre para realizar.

Realmente cometi algum crime? É claro que as pessoas que me trancaram nesta prisão estão erradas. Eu neguei amor à minha mãe porque ela me odiava, mas ela também queria que eu a amasse assim seu ódio poderia me destruir mais. Vejo de forma muito clara que não posso impedir que minhas emoções me machuquem. Preciso lidar diretamente com minha mãe: cada vez que ela fala comigo, meu desejo definha: sou incapaz de lhe dizer qualquer coisa verdadeira, me submeto em silêncio aos seus abusos, não contradigo. Obedeço a seus comandos implícitos me odeio. Quando ela acaba de falar comigo, digo na minha cabeça todas as palavras horríveis odeio você você me odeia nunca mais vou falar com você eu deveria ter dito a ela me odeio por ser fraca por não lhe dizer essas últimas palavras. Fico terrivelmente assustada. Fico assustada ao pensar que ela está vindo arrancar meu cérebro. No momento em que ela falava comigo eu era incapaz de fazer qualquer coisa que não fosse o que sempre fiz: ser sua escrava é nesse momento que me torno prostituta, só quero aceitar o abuso de outras pessoas. Às vezes quero me punir porque não entendo todos os sentimentos que tenho por minha mãe nem por que os sinto; tento separar minhas memórias dos eventos que fantasiei ou sonhei (impossível). Quero me punir; não quero outra pessoa me punindo sem minha permissão. Essas pessoas estão sempre me insultando e nada pode reparar essa mágoa. Sou uma pessoa como elas, e sou distinta e inviolável.

Minha mãe queria que eu fosse exatamente como ela. Eu me pareço com ela: nós duas temos olhos grandes, mesma estrutura óssea, pele espessa de criança, cabelos castanhos escuros, lábios roxos. Nós duas somos voluntariosas e apegadas aos nossos corpos. Desde o dia em que nasci e sorri hipocritamente, fingindo ser feliz, me opus a ela: me coloco contra ela para que me torne outra pessoa. Ela começou a me odiar abertamente quando comecei a menstruar. Queria que eu fosse um nada, como ela.

Por que sempre quero me culpar quando sei que os outros são culpados? Não entendo esse vestígio de estupidez. Não fiz nada para ser tratada como um rato .

1789 Por conta da minha atitude pró-revolucionária, eles me transferem da minha prisão em Vincennes, onde possuo roupas de veludo e luz para escrever, para o hospício. Me preocupo com a minha liberdade pessoal segundo meus critérios não há insanidade em mim. Odeio isso. Eles me permitem fazer caminhadas em horários estipulados. Minha esposa destrói três quartos de meus manuscritos quando eles me transferem para o hospício.

Eu me mudo para Nova Iorque porque escrevo e quero conhecer escritores. Não tenho dinheiro, nem meios de ganhar, nem amigos em Nova Iorque, nem pais. Pego uma Doença Inflamatória Pélvica, entro na Clínica Presbiteriana de Columbia: uma mulher vomita sangue no chão, nas cabines de madeira com cortinas finas brancas e imundas das salas dos médicos em frente às cadeiras no chão imundo de madeira, o médico grita com um homem você não tem tomado seu remédio agora vai morrer de tuberculose o homem é um esqueleto não sente perto de ninguém nós vamos chamá-lo o homem se senta perto de mim, a enfermeira grita sr. X é a sua vez o homem duas cadeiras à minha frente se vira agitado sr. X é a sua vez o homem tenta se mexer cai de volta na cadeira a enfermeira vem em direção ao homem bate nas costas dele sr. X nós não podemos esperar pelo senhor, o homem fica a meio caminho de se levantar da cadeira não consegue meia hora depois um policial vai até o homem "dê o fora daqui; sem vadiagem aqui" arrasta o homem para fora da clínica, a enfermeira empurra numa cadeira de rodas uma figura enrolada em bandagem branca de múmia com um tubo de sangue atado ao braço em bandagem de múmia uma pessoa que aspira o chão pergunta se deveria mover o aspirador "não" bum bum sobre o cabo do aspirador a múmia se agita o sangue e a agulha quase saltam do braço da múmia a enfermeira muda de ideia dá meia-volta com a cadeira de rodas o cadáver pula para cima e para baixo faz tudo isso três vezes, um cara negro e uma mulher se sentam do meu lado a mulher negra começa a gritar com o homem drogado o homem torce o braço dela violentamente quase o quebra, a enfermeira chefe diz ao homem que ele está agindo direitinho. Três horas depois estou em choque alucinando um pouco o médico me dá quatro doses de penicilina na bunda enfia agulhas na minha bunda BAM "humm essa entrou bem" me dá infinitas ampolas de ópio sintético e barbitúrico para me calar. Um mês depois estou ainda mais doente.

1790 2 de abril. Meus filhos me visitam, me contam que invalidaram as *lettres de cachet* que me aprisionaram catorze anos atrás. Vou ficar no hospício de Charenton até a primavera porque tenho medo da democracia. Da próxima vez eles não vão me prender: vão me matar. Tenho medo de todo mundo. Esta adorável e pacífica democracia existe se equilibrando entre a atrocidade e o fanatismo – nada mais. É possível ir até o fim do meu medo? As águas escuras do oceano, as pernas escuras, as salas escuras e secretas. Não consigo ver quase nada. Estou muito gordo e ninguém quer me foder. Amo apenas o que se passa em minha mente. Refiz a prisão exterior dentro de mim porque na minha cabeça não há diferença entre o exterior e o interior: eles me libertam da prisão e eu ainda estou na prisão. Minha esposa quer se separar de mim: não gosta mais de couro.

Não quero mais me casar com ninguém nem viver com nenhuma das minhas amantes. Quero minha família: o único irmão que me dá uma ajuda, e um quarto no qual possa pensar e me masturbar e escrever, que são as únicas atividades que esta sociedade cruel tem me deixado fazer.

1791-92 Produzo minhas primeiras peças de teatro. Passo a ser secretário da revolucionária "Section des Piques";[3] melhoro hospitais públicos, publico relatórios e endereços, tento reduzir o número de

3 Durante a Revolução Francesa, zona administrativa revolucionária parisiense. [N.T.]

execuções humanas. As pessoas saqueiam minha casa, destroem os pertences de minha família, roubam minhas propriedades remanescentes. Fico extremamente pobre.

Num dos atos do meu espetáculo erótico sou uma jovem que fala com um psiquiatra. Conto ao psiquiatra como Papai Noel caiu da chaminé e me disse que eu deveria ser sempre uma boa menina falo que nem bebê que deveria fazer sempre o que ele me diz começo a tirar lentamente a blusa e a esfregar a mão direita no meu peito direito, preciso acreditar em Papai Noel. Subitamente, quando estou prestes a beijar meu mamilo, paro; vejo centenas de homens me assistindo; tenho delírios: homens me seguem, homens querem me machucar, homens querem ter relações sexuais comigo sem meu consentimento contra minha vontade. O psiquiatra ri de mim. Os homens que estão me observando enquanto me contorço pela cama começam a falar comigo eu zombo deles. O psiquiatra me diz que estou tendo delírios auditivos; corto o cabelo; sou Joana d'Arc. Lidero soldados travestidos e mato todo mundo. Fico com tesão: rasgo minhas roupas, começo a me masturbar homens me excitam tantooo. O psiquiatra me fode nós dois gozamos 5 milhões de vezes. Ohhhhh assim assim é isso não não? Oh por favor oh assim oh por favor vai mais rápido... mais rápido enfia em mim agora AGORA ohhhh (baixo) ohhhhhh (mais alto) ohhh ohhh oah auahhh oahh eah. (baixo de novo). Todas as minhas doenças desapareceram.

1793 Sou nomeado juiz, em seguida presidente da minha seção do partido revolucionário. Não tenho certeza do que sou. Sinto-me um pouco mais seguro. Eles jogam os móveis pelas janelas, arrebentam toda a madeira e mármore que conseguem, colocam o resto no fogo. Tenho a oportunidade de mandar minha sogra que foi a principal responsável por meu aprisionamento para a guilhotina; mas não faço isso. Estou interessado em transformar minhas ideias em ações, minhas ideias são os meus desejos, não em vinganças. Vejo a cabeça sendo colocada na guilhotina, muco escorrendo dos olhos, do nariz e dos ouvidos, até que o rosto esteja coberto e pingando de catarro, a lâmina afiada e diagonal desce. Tenho uma faca na mão: uma pessoa viva permanece perto de mim, deslizo a ponta da faca sobre a espessa pele branca. Esta é uma dor absoluta. Em 8 de dezembro de 1973, eles me prendem por não acreditar em Deus. Odeio os homens e raspo o cabelo. Decido que esta não é uma maneira de viver. Escrevo, pois essa é a única coisa que sei fazer, e me visto com veludos, peles, sedas: qualquer coisa que se aproxime da maciez espessa da minha pele.

1814 Experimento a morte:
11 de abril: Napoleão abdica
Eu me sinto mal, um catarro ralo e viscoso do pior tipo escorre pela pele abaixo do meu nariz. As extremidades das minhas pálpebras queimam. Quero rastejar para baixo do lençol cinza e do cobertor branco, ir dormir.

3 de maio: Luís XVIII exibe-se em Paris, toma posse.
Eu durmo seis horas pouco sono para uma noite normalmente gosto de dormir entre dez e doze horas lavar o rosto ouvir um programa de rádio. Quero foder alguém com quem possa conversar.

31 de maio: M. Roulhac de Maupas substitui M. de Coulmier como diretor de Charenton.

Substituo os cabeças das universidades por chacais; rio e volto a dormir. Passo cremes espessos muito brancos na pele grossa da perna. O branco da banheira. Adoro meu corpo, odeio qualquer um que ache que está tentando me matar. Abro os lábios vermelhos da boceta e começo a rir.

21 de outubro: O ministro do Interior pede para o diretor-geral da polícia tentar me transferir para uma prisão estadual longe do hospício.

Minha barriga está um pouco inchada e meus olhos estão embaçados. Nasci rica e não posso escapar do meu nascimento (das maneiras de perceber o mundo que me ensinaram mesmo antes de eu nascer. Ver ouvir cheirar experimentar sentir: tudo como me ensinaram). Quero que as pessoas me sirvam: me tratem com respeito.

Começo a me masturbar: mexo os músculos da parte de cima da boceta para que a carne ao redor do clitóris roce na carne do outro lado. Espalho lentamente o peso das pernas sobre os joelhos vejo os joelhos se afastando um do outro até que meu corpo esteja magnetizado para e a partir dele mesmo os membros se voltam contra os membros os dedos colocados sobre a pele reluzente as peles dos lábios feridos deixam o sangue gotejar meus dedos descem até a carne molhada da boceta vermelha e ardente

2 de dezembro: Passo cremes espessos claros e magníficos na minha perna levantada para cima. Serei bela para sempre em minha cama branca. Meu filho obediente que roubou meu dinheiro Donatien Claude Armand me visita e pede para o novo médico-estagiário ficar comigo. Muito doente. Quero ver o abade amanhã; quero me odiar e destruir tudo. Minha respiração está alta e penosa; tomo alguns goles de um líquido quente morro ou de congestão pulmonar ou de febre adinâmica gangrenosa por volta das 9h50 da manhã.

*

Estou tentando me tornar outra pessoa porque é isso que acho interessante.

Eu estava interessada na "fama" como uma finalidade: **[1]** as pessoas cujos trabalhos quero entender melhor falariam comigo, **[2]** eu seria de algum modo capaz de pagar por comida aluguel etc. ao fazer algo conectado, **[3]** os artistas pelos quais me apaixono trepariam comigo: esses desejos estão fodendo o meu trabalho (e me fodendo). Assim exprimo os desejos em voz alta.

Estou tentando escapar da autoexpressão mas não da vida íntima. Odeio a criatividade. Estou explorando simplesmente outras maneiras de lidar com eventos diferentes daqueles que meus maus hábitos – instalados sobretudo pelos pais e pelas instituições – me forçaram a seguir. Neste momento, estou hipersensível e tenho dificuldade de falar com qualquer pessoa. Posso foder mais fácil.

A ação menos entediante para mim é descobrir por que estou viva e por que vou morrer, assim posso decidir como devo falar com as pessoas e como posso foder.

Se começo a respeitar as regras do dinheiro que minha mãe me ensina, que meus professores me ensinam, as quais não respeito, e se vejo todos no mundo fazendo o que ele ela quer de forma egoísta indiferentes a estas regras, por que também não deveria satisfazer meus desejos? Por que não deveria matar alguém? Meus pais (mãe, pai adotivo) são ricos me rejeitaram e quando eles morrerem eu que agora estou morrendo de fome me tornarei rica, eu poderia matá-los. Ou então: se soldados americanos matam e mutilam todos os dias milhões de pessoas pobres como eu e são louvados por suas ações, por que eu não deveria matar alguém a fim de ter um orgasmo? É claro que eles estão mais seguros: não serei presa nem lobotomizada se me tornar um soldado americano em vez de uma assassina. Faça o que as pessoas te mandam fazer: não morra. Como sei que é absolutamente errado matar alguém? Como sei alguma coisa? Sei mesmo alguma coisa? Quando vejo as nuvens brancas atravessando o céu escuro, a lua por trás dessas nuvens me deixa louca psilocibina gratuita para todo mundo, viva viva, olho para a minha mão esticada; tenho uma faca prateada na mão; o céu e as nuvens brancas se importam? Essas considerações são muito estúpidas e ingênuas. Eu sou estúpida e ingênua. Minha pele espessa é linda.

Permita-me ocultar meu nome o nome dos meus pais o lugar onde minha mãe abriu as pernas, de onde eu saí: sou uma aristocrata. Nasci para ser capaz de fazer tudo que eu quiser. Quando eu tinha apenas dois anos, incapaz, é claro, de me defender, meus pais me jogaram na rua. Tendo sido bem cuidada fisicamente por meus pais e pela mãe da minha mãe entre zero e dois anos, isto é, sempre com bastante margarina e pão dietéticos, e com um médico sempre enfiando toneladas de penicilina na minha bunda, eu estava totalmente despreparada para a realidade. Ninguém quis me dar um emprego, nenhum emprego, muito menos um emprego compatível com meu nível avançado de conhecimento, meus cinco doutorados em ciências superiores; os merdas queriam simplesmente me foder. Eu não tinha dinheiro, nem recursos, peguei uma DST terrível, fui maltratada pelo médico dos pobres que me chamou de "puta": eu precisava de tudo desesperadamente aprendi rápido que não era uma filha favorecida de gente rica. Nem era alguém.

Eu me refaço

Babo pelo lado direito da boca grossa e branca guu guu guu guu "assim minha querida isso mesmo" sou uma bola rechonchuda enfio uma faca em mim e sangro. Grito e grito e grito. Não grito; mantenho isso escondido dentro de mim e sorrio. Sorrio para as pessoas más que são más porque querem me bater e assim elas não me batem. Se elas souberem como me sinto realmente, em relação a elas acima de tudo, vão me bater. Começo a chorar e a pele das minhas mãos fica vermelha. Me lembro do amarelo: olá brilhante amarelo brilhante. O amarelo explode na minha pele espessa. "O que você quer querida como você está querida nós não queremos ter nada com você querida você é tão fofinha uuh uuh uuh guu-guu guu-guu guu-guu guu-guu guu-guu." Quero me esconder. Sou uma estrela famosa do cinema, tenho seis meses de idade e vou esconder tudo o que sai do meu eu. Estico uma perna. Coloco a mão na saliência da perna. Espremo coisas jorrantes e efusivas para fora do cu humm rolam por toda parte oh assim eu vou ter um orgasmo oh assim. Guu guu guu guu. Estou me refazendo, estou me refazendo orgulhosa.

"Bem, minha querida", o conde Alexander olha para mim e ajeita o monóculo de ouro, "o que você pode fazer por mim?". Sei que ele poderia me dar todo o seu dinheiro.

"Oh senhor", eu ceceio, "sou apenas uma infeliz de dois anos e meus pais me odeiam e me jogaram na rua por favor tenha piedade de mim não quero me tornar uma secretária pois não quero comer merda quero comer boceta sou pequena demais e as leis não me protegem mais porque não sou rica sou louca demais para ser uma secretária estúpida tenha piedade de mim, belo senhor, trabalhei num show de sexo aprendi truques, tirei a roupa, homens enfiavam dólares na minha boceta com seus dedos não quero perder a virgindade. Sou uma verdadeira artista sensível e atormentada, sempre faço as reverências devidamente, por favor senhor me ajude." "Por que eu deveria ajudá-la, nojenta?" diz o conde ajeitando sua capa de pavão.

"Do que o senhor está falando? Sou pura e inocente e estúpida." Quero que o conde pise em mim, chute meu corpo algumas vezes até que eu possa ouvir as costelas quebrando, sentir os lábios infantis se dilacerarem. Abrir. Em seguida posso pegar todo seu dinheiro. Sem recriminações de nenhuma parte.

Vejo pavões andando por minhas canelas finas até a cama em que estou sentada, doente. Cubro o corpo com casacos de pele preta. Sei que é noite lá fora e começo a pensar.

Interessada apenas nas ideias do marquês

Não entendo mais o que estou fazendo.

Eu me torno o marquês de Sade.

Nenhum mal me acontecerá se eu foder com animais. Todas as leis de todas as nações deveriam nos permitir, ou melhor, não nos impedir de realizar nossas perversões favoritas pois a natureza criou em nós esses desejos de perversões antes que criássemos as perversões reais. Isto é, sinto que sou uma aberração porque quero foder com mulheres, hamsters, trens, criminosos, couro preto não consigo falar com as pessoas não quero que ninguém, nenhum grupo de humanos, me mate porque faço essas coisas. Quero que todo mundo me ame. (Não.) Vamos examinar o assassinato.

O assassinato é o que há de pior. Vou fazer tudo o que eu quero. Vou falar a verdade porque é o apocalipse. O assassinato é objetivamente ruim? (Esta é uma pergunta estúpida.) Humanos não são mais importantes do que nenhum outro animal. É óbvio: já que eu fodo com meu hamster. Não é verdade: apenas os homens são capazes de destruir para sempre o humano e o mundo vivo.

Qual é a diferença entre humanos e outras formas de vida nesta esfera? Quando eu morrer, mudarei de forma. Se eu te assassinar, mudo a sua forma? Nações diferentes têm costumes diferentes no que diz respeito a assassinato, matança de crianças, assassinatos públicos forçados. Estou tentando destruir todas as leis, dizer para vocês não seguirem as leis, as restrições. "Assassinato" não é um ato ordinário. Se o número de pessoas vivas excede a soma de recursos naturais necessários para a subsistência dessas pessoas, é necessário matar algumas para que todas as outras possam viver. Não é necessário que soldados americanos matem homens e mulheres pobres que vivem em países estrangeiros, exceto para poucos homens brancos e ricos que ganham muito dinheiro quando um soldado americano precisa de uma arma nova. É necessário segundo os homens ricos. Não é necessário matar uma pessoa que matou outra pessoa: "eu vos concedo o perdão" digo aos meus pais que, para se divertir, me transformaram numa aberração sexual aberração esquizoparanoica, "e também me perdoarei quando matar vocês". Finalmente, o assassinato é um horror.

O que eu deveria fazer para me satisfazer? W um estranho com uma voz esquisita de maníaco sexual me pergunta se sou a Tarântula Negra sim enviarei meus livros a ele sim foderei com ele? Fodo apenas uma vez por mês então fodo com qualquer um. Medo. Vejo corpos rolando nas plumas brancas, finas camadas de suor sobre a pele, os músculos ao redor do meu clitóris começam a se mexer. Preciso de quatro ou cinco amigos próximos perto de mim, fodedores ou não, pois sempre tenho medo de obedecer aos meus desejos nesta sociedade doente. A única afronta ao meu prazer é o suicídio. Enfio giletes com frequência nos pulsos para me punir. "Afronta" é uma palavra estúpida e sem sentido. Muitos governos antigos autorizaram o suicídio; o governo americano quer que todas as pessoas pobres morram da forma mais rápida possível. Estou tentando mostrar a língua para a Igreja. Agora posso fazer o que eu quero e quero ser o mais corajosa possível. Todas as pessoas ricas que foram guilhotinadas pediram voluntariamente para ser guilhotinadas em prol de uma futura nação sindicalizada. (Eca.)

Agora vamos idolatrar a nação, peidar em cima dela, nos envolver na política nacional. (Eca). Sou gentil: tenho medo das pessoas; se estiver constantemente aterrorizada e faminta por conta das leis, não poderei gozar.

Demonstrei claramente que não preciso mais trabalhar. Fogo e aço circundam minha cabeça flamejante. Deixem os tronos da Europa desmoronarem sobre si mesmos; o deleite de vocês os mandará pelos ares sem que vocês precisem sequer se intrometer.

Todos os eventos acima foram tirados de *The Marquis de Sade: The Complete Justine, Philosophy in the Bedroom, and Other Writings*, do conde Donatien Alphonse François de Sade, de *Portrait of de Sade*, de W. Lenning, e de mim.

CROCODILO EDIÇÕES

Coordenação editorial
Clara Barzaghi
Marina B Laurentiis

crocodilo.site
crocodilo.edicoes
crocodilo_ed

FICHA TÉCNICA

Tradução
Livia L.O.S Drummond

Revisão da tradução
Drump goo

Preparação
Diogo Henriques

Revisão
Dimitri Arantes
Juliana Bitelli

Projeto gráfico e diagramação
Leandro Lopes

FICHA CATALOGRÁFICA

Dados Internacionais de Catalogação na Publicação (CIP) de acordo com ISBD

A182v Acker, Kathy

A vida infantil da Tarântula Negra, por Tarântula Negra / Kathy Acker ; tradução de Livia L.O.S Drummond. – São Paulo : Crocodilo Edições, 2022.
112 p. ; 13cm x 21cm.

Tradução de: The Childlike Life of Black Tarantula, by Black Tarantula
ISBN: 978-65-88301-00-5

1. Literatura americana. 2. Romance. I. Drummond, Livia L.O.S. II. Título.

CDD 833
2022-2450 CDU 821.112.2-3

Elaborado por Vagner Rodolfo da Silva - CRB-8/9410
Índice para catálogo sistemático:
1. Literatura americana: Romance 833
1. Literatura americana: Romance 821.112.2-3

FONTE Arnhem e Impact
PAPEL Pólen 80 g/m²
IMPRESSÃO Loyola